Tessa Korber wurde 1966 geboren, studierte Germanistik und Geschichte und arbeitet seit 1998 als freie Autorin. Sie schrieb zahlreiche historische Romane und Krimis und ist Herausgeberin mehrerer Krimi-Anthologien. 2010 erhielt sie den Forchheimer Kulturpreis.

Tessa Korber (Hrsg.)

Weinfrankenmorde

Neun Kurzkrimis

ars vivendi

Originalausgabe

Erste Auflage August 2019
© 2019 by ars vivendi verlag
GmbH & Co. KG, Bauhof 1,
90556 Cadolzburg
Alle Rechte vorbehalten
www.arsvivendi.com

Umschlaggestaltung: FYFF, Nürnberg
Motivauswahl: ars vivendi
Coverfoto: © VICUSCHKA / Photocase
Druck: CPI books GmbH, Leck
Gedruckt auf holzfreiem Werkdruckpapier
der Papierfabrik Arctic Paper

Printed in Germany

ISBN 978-3-7472-0013-1

Weinfrankenmorde

25.1.2020

naja!

Inhalt

Tessa Korber

Winterschnitt

VOLKACH

Wenn es nicht wegen Anton gewesen wäre, ich wäre nicht zurückgekommen. Obwohl Großvater schon lange tot war. Und obwohl die anderen nichts dafürkonnten. Ich war ja nicht einmal von mir aus gegangen; Papa hatte mich fortgeschickt, stellvertretend für sich. Für ihn war es da allerdings schon lange zu spät gewesen. Trotzdem: Gern kehrte ich nicht heim.

Ich fing damit an, dass ich einen Umweg machte. Ich war mit dem Pkw unterwegs, mit den Öffentlichen kam man ja kaum noch nach Volkach, dafür ringsum Straßen, Straßen. Den vielen Tagestouristen war es vermutlich recht. Ich fuhr über Eisenheim und nahm die Mainfähre. Das dauerte länger und ließ mir Zeit zum Nachdenken. Als einer von drei Wagen rumpelte mein alter VW auf das kleine Schiff. Die bunten Wimpel flatterten. Ich stieg aus, um nahe beim Wasser zu sein. Die begrasten Uferkuppen waren jetzt, im Januar, noch nicht wieder grün; es gab keine Wohnmobile, keine Menschen in kurzen Hosen und mit Sonnenbrillen, die auf Rädern unterwegs waren. Trotzdem erinnerte es mich an frühere Sommer, wenn Papa uns den Gefallen tat, hierherzukommen. Eine Überfahrt, ein Eis, ein wenig durch die Gegend kurven; das war beinahe wie Urlaub.

Ich sah dem nur allzu nahen Ufer entgegen und rief mir für die bevorstehende Aufgabe unseren Stammbaum ins Gedächtnis.

Großvater hatte mehrere Brüder gehabt, glaube ich. Nur einen davon hatte ich je kennengelernt: Alfons, dazu seine Frau Else. Sie führten das Weingut vor dem Krieg. Zwei gichtgekrümmte alte Leutchen mit runzligen Gesichtern und zerarbeiteten Händen, so hatte ich sie in Erinnerung. Die in einer Wohnküche mit Feuerherd hockten, inmitten eines Geruchs nach Erde, feuchtem Fell und saurer Milch. Mir waren sie immer vorgekommen wie aus einer anderen Welt, einer Welt voller Wiesen und Scheunen und Keller und Winkel. Bei uns zu Hause hatte es nichts davon gegeben, nur drei aufgeräumte Zimmer und eine Garage, in der man vom Boden essen konnte. Keinen Raum zum Spielen für ein Kind. Mama hatte nach teurem Parfum geduftet, und mein Vater war ein schlanker, immer eleganter Mann in Hemd und Jackett gewesen, dem man nicht ansah, dass er das Büro nicht leitete, in das er ging. Und das Trinken sah man ihm auch nie an.

Alfons und Else aber hatten zwei Söhne, die hießen Erich und Albert. Es klang wie im Märchen. Und als Kind war es das für mich auch mehr oder weniger: ein Märchen. Voll seltsam fremder, manchmal freundlicher, manchmal bedrohlicher Menschen, die alle irgendwie, aber auf völlig unklare, für mich kaum glaubhafte Art mit mir verwandt waren. Dazu der alte Kater, das Bederle, schwarz wie die Nacht, immer übel gelaunt und von sagenhaftem Alter. Wann immer ich später auf das Weingut kam, ein schüchterner Sommergast in den Ferien, war das Bederle noch da. »Bosheit konserviert«, pflegte Onkel Albert zu sagen. Recht hatte er; meine Großeltern waren beinahe hundert geworden.

Albert und Erich hatten ihrerseits Kinder: Diana, Susanna und Anton. Wenn ich in den großen Ferien aus dem Internat nach Volkach zurückkam, fand ich sie in den Weinbergen, Kellern und Scheunen beim Spielen. Und dazu noch viele andere: den Peter mit den Sommersprossen und Markus, der immer Kaugummi kaute. Christina konnte mit der Zungenspitze ihre Nase berühren. Marina hatte wilde Locken und eine kleine Schwester, die stets hinter uns herlief.

Ich kannte sie alle und kannte sie doch nicht. Wir fanden uns jeden Sommer erneut im Spiel zusammen und trennten uns ohne Bedauern und mit wenig Erinnerungen im Herbst wieder voneinander. Es dauerte jedes Mal eine Weile, bis ich sie wiedererkannte; in jenen Jahren wuchs man schnell. Susanna war die Älteste und schon früh seltsam weiblich und still. Sie trug als Erste Rock und Seidenstrümpfe. Diana dagegen blieb klein und lebhaft, solange ich sie kannte. Unverkennbar war ihre Stimme: so rau, als hätte sie schon in jungen Jahren geraucht und gesoffen. Wie ich sie darum beneidet hatte.

Wenn wir nicht spielten, halfen wir in den Weinbergen. Da war genug zu tun, auch vor der Ernte. Wie viele Stunden brachten wir zu beim Laubschnitt, die kurzen Arme übervoll mit den Weinblättern, so groß wie Sonnenschirme, jedenfalls für uns, die wir damit spielten, sie uns über den Kopf hielten und taten, als wären wir Sultane und Prinzessinen wie in den Bildern aus *Tausendundeine Nacht*, aus denen wir uns manchmal vorlasen. So schritten wir einher, weinlaubbekränzt, während die Erwachsenen schwitzten und über uns lachten.

Oder bei der Grünen Lese, wenn die überzähligen, nicht gereiften Trauben herausgeschnitten wurden, damit der Rest umso besser geriet. Wie schleppten wir, wenn das ausgeschnittene, gehäckselte Holz wieder in die Weinberge getragen und untergearbeitet wurde. Wie gut erinnere ich mich an das Leuchten des Weinlaubs, durch das die Sonne hindurchschien, die fast gläserne Durchsichtigkeit der Trauben, bei denen wir uns reichlich bedienten, an die Wärme der Rebstockhölzer. Meine Vorstellung des Paradieses, das war bis heute ein steiler Hang mit Rebzeilen, mit einem Fluss im Tal drunten, der sich dahinschlängelt und in der Sonne glitzert, darüber ein Himmel, der irgendwie weiter ist als anderswo. Und eine bienendurchsummte, sonnendurchwärmte Stille dazu ...

Von Anton hab ich noch nichts gesagt. Mit Peter war ich mal tanzen auf dem Weinfest, den Markus hab ich sogar geküsst, mit zwölf. Damals hielten wir es jedenfalls für einen Kuss. Den Anton hab ich von Weitem betrachtet. Er war so blond und still. Als hätt ich gewusst, dass das was Ernstes werden könnte, und es deshalb gelassen. Denn in jedem September fuhr ich ja wieder fort. Trotzdem habe ich an ihn die deutlichsten Erinnerungen. Viele sind es nicht, wie das so ist mit Bildern aus der Kindheit. Die Eltern von Marina hatten sich im ehemaligen Gärkeller einen Partykeller eingerichtet. Wir schrieben die Siebzigerjahre, also gab es tropfende Kerzen in Bocksbeuteln und einen Vorhang aus Plastikschnüren, dazu eine Resopaltheke, hinter der verklebte Flaschen standen. Wir waren noch zu jung, um auch nur versuchen zu wollen, an sie heranzukommen. Unser Vergnügen bestand darin, die hohen Barhocker zu erklimmen und uns darauf sehr erwachsen zu fühlen. Manchmal spielten wir Stadt-Land-Fluss und manchmal Geschichtenerzählen. Wir erzählten von unseren Erlebnissen in der Schule oder mit anderen Leuten und versuchten einander dicke Bären aufzubinden. Wenn man sicher war, den anderen bei einer Schwindelei ertappt zu haben, riefen wir laut »Gelogen!«.

Manchmal tanzten wir auch, wild, den Kopf schüttelnd und mit den Armen wedelnd, wie man das im Fernsehen sehen konnte. Unsere eigenen Eltern tanzten ja noch paarweise im Kreis mit Anfassen. Das trauten wir uns noch nicht. Die Musik dazu kam aus unseren Köpfen.

Peter war der Erste, der sich eine Fusselbürste schnappte und sie sich wie ein Mikrofon vor den Mund hielt. »Rosamunde«, schmetterte er, und ein paar Sachen von Heino, die wir von unseren Eltern kannten. Wir klatschten im Takt. Dann gab er an Diana weiter, die damals auf Roy Black stand. Christina war mutig und stöhnte »Tanze Samba mit mir«. Wir hatten hochrote Wangen. Dann kam Anton an die Reihe. Er wählte »Marina, Marina, Marina«.

»Du bist doch die Schönste der Welt.« Wir schrien den Refrain mehr, als dass wir sangen, um so begeisterter, weil Marina prompt puterrot dabei wurde und das Gesicht in den Händen verstecken wollte. Diana und Susanna hakten sich bei ihr ein und schunkelten. Als Anton zu der Stelle kam, wo vom »wunderbaren Mädchen« die Rede war, wurde unser Lachen lauter. Denn er hatte da etwas missverstanden und sang statt »bald sind wir ein Pärchen« voller Inbrunst: »Peitschen wir ein Bärchen.«

Peter johlte, Markus lachte, Susanna, Christina und Diana guckten einander an und prusteten los. Anton lief hinaus, und Marina war vorerst erleichtert, dem allgemeinen Interesse entkommen zu sein. Ich lief ihm nach, bis hinauf zur Maria im Weingarten. Da ging er immer hin, wenn er Kummer hatte. Aber ich trat nicht zu ihm. Er hatte ja nicht meinen Namen gesungen. Ob er mich überhaupt bemerkt hatte?

Wann war das alles nur gewesen? Und wie war es möglich, dass dieser Junge ein Mann geworden war, nicht schlank, wie ich auf dem Foto in der Akte hatte sehen können, mit wenigen Resten des blonden Haares, mit einem noch immer sanftmütigen Gesichtsausdruck, in den sich viel Resignation geschlichen hatte? Was war ihm zugestoßen? Und wie hatte es geschehen können, dass dieser Mann jetzt verschwunden war?

Die Fähre hatte angelegt, ich fuhr herunter, winkte dem Fährmann und machte mich auf, den Rest des Weges zurückzulegen. Es war ein Vorteil, über die Fahrer Straße nach Volkach zu kommen. Ich sparte mir die hässlichen Gewerbeflächen an der Staatsstraße. Stattdessen erschien links über mir Maria im Weingarten, die Pilgerkirche, die, wie ihr Name sagte, mitten in den Weinbergen am Hang stand wie eine Insel aus Stein. Es zog mich hin, doch ich widerstand. Susanna wartete auf mich. Ich hoffte nur, dass sie sich nicht zu viel versprach.

Ich hatte die Akten studiert; sie lagen auf dem Beifahrersitz. Die Würzburger Kollegen hatten den Fall bereits gründlich untersucht. Nur weil ich in München arbeitete, und nur weil ich Profilerin war und tatsächlich oft Kollegen beriet, die mit ihren Fällen feststeckten, hieß das nicht, dass ich kommen, sehen und alles siegreich auflösen würde. So lief das gewöhnlich nicht.

Die engen Gassen der Altstadt nahmen mich auf. Viele Geschäfte, viel frische Farbe, renovierte Altbauten in kräftigem leuchtenden Weiß, Gelb und Rot, mit großen Bogenfenstern und überquellenden Blumenkästen, dazu lebhafter Verkehr. Bunte Postkarten an den Wänden der Passage durch das Obere Tor. Es sah einladend aus, beinahe mediterran. Volkach war immer schon ein Touristenort gewesen; und es schien ihm gut zu gehen dabei. Als ich mich unserer Straße näherte, nahmen die unrenovierten, graubraunen Häuser zu, gebaut aus dem Muschelkalk, auf dem auch unser Wein wuchs. Nicht ganz so fröhlich, nicht so aufgeräumt. Staubblinde Fenster hier und da, eine Birke in einer Regenrinne; auch solche Ecken gab es, letzte Zipfel von Geschichte. Das Weingut der Familie war eher ein Geheimtipp. Es hatte seine Anbauflächen an den bevorzugten Lagen, besaß aber keine Ambitionen, seine Weine als Lifestyleprodukte anzubieten. Jahr für Jahr produzierte es solide – manchmal sogar sehr gute –, erschwingliche Weine für eine treue Schar von Kunden. Ich erkannte das Firmenschild sofort wieder.

Susanna kam mir im Innenhof entgegen. Sie trug noch immer Seidenstrümpfe und Karo-Rock, dazu eine dünne Strickjacke, und hatte Wärme suchend die Arme um sich geschlungen. Sie führte seit dem Tod ihres Vaters Erich das Weingut, zusammen mit ihrem Mann, Peter. Ja, dem Peter mit den Sommersprossen. Und Markus, der mich einmal geküsst hatte, hatte Diana geheiratet. Die beiden hatten die alte Probierstube zum Gasthof ausgebaut und betrieben dazu zehn Fremdenzimmer. Beide Paare schienen gut miteinander und mit der Arbeitsteilung auszukommen. Die Homepage jedenfalls vermittelte den Eindruck.

Im Moment sei es ruhig, sagte Susanna, die mich über das Kopfsteinpflaster in den Gastraum führte. Viel Holz, gemütliche Atmosphäre. Nicht wie die in Mode gekommenen Vinotheken, wo man sich in der kühl designten Leere fühlte wie ein Zierfisch in einem Aquarium. Ein Rentnerpaar, sichtlich Ausflügler, beugte sich über sein Schäuferla, eine Runde Einheimische hockte beim Schoppen um den Stammtisch. Susanna nickte allen zu und führte mich in den Nebenraum. Diana würde dazukommen; die Männer seien beschäftigt, versuchten aber, vorbeizuschauen. »Peter hat mit dem Winterschnitt alle Hände voll zu tun, du weißt ja.« Ich wusste. Die Rebstöcke mussten auf ein bis zwei Triebe zurückgeschnitten und das Fruchtholz eingekürzt werden. Am besten schon im Winter, noch ehe der Saft einschoss, aber nicht zu früh, damit keine Minustemperaturen das verwundete Holz schädigten. Das bedeutete Handarbeit, Rebstock für Rebstock.

Diana kam herein und küsste mich auf beide Wangen. Sie war so unruhig und lebhaft wie eh und je. »Markus steht in der Küche. Wir haben heute Abend eine Silberne Hochzeit, und die Aushilfe ist nicht gekommen. Du glaubst nicht, was für ein Kreuz das mit dem Personal ist.« Sie hatte noch immer ihre Janis-Joplin-Stimme, dazu ein Lachen in den Augen, auch während sie über depressive lettische Kellner und unzuverlässige vietnamesische Spülhilfen klagte. »Ein Deutscher macht die Arbeit nicht mehr, von uns abgesehen.« Ihr Smartphone klingelte. Sie wirbelte hinaus.

»Wie geht's dir?« Susanna war noch immer die Stille. Ihre verschränkten Arme lagen auf dem Tisch.

Ich beschränkte mich auf ein Nicken. »Ich bin wegen dir da«, sagte ich. Seltsam eigentlich, die mir so fremde Frau zu duzen. Was waren wir: Großcousinen? Auch sie schaute mich reserviert an, mich, den ewigen Gast aus der Fremde. Daran war Großvater schuld. Er war der von den Brüdern gewesen, der keine Lust gehabt hatte, sich im Weinberg aufzuarbeiten. Er war in die große Stadt gegangen, was damals und in Volkach Würzburg gewesen war. Und als hätte das nicht gereicht, war er weitergezogen ins ferne Berlin. Dort hatte er eine kaufmännische Lehre gemacht, vor allem aber nach Wegen gesucht, nicht »als Ladenschwengel zu enden«, wie Papa es mir erzählte. Geld wollte er verdienen, viel Geld, und jemand werden in der Welt. Beides schaffte er, und im Krieg liefen seine Geschäfte sogar noch besser. Doch dann kamen die Bomben, und seine Frau und das Kind – mein Vater – flohen zurück aufs Dorf. Mit nichts als einem Koffer und einem Mann irgendwo in Russland, mussten sie sich durchschlagen, was hieß, bei der Verwandtschaft zu betteln, die vorher nicht gut genug gewesen war. Ob sie es zu spüren bekommen hatten? Ich hab sie ja nur später erlebt, wenn sie bei Geburts- und Namenstagen in ihren guten Kleidern beieinandersaßen und »Onkel« und »Tante« genannt wurden, während wir Kinder unter den Tischen spielten. Da schien die Welt in Ordnung zu sein.

Wenn Großmutter alleine war, hatte sie sich anders geäußert. Ihre langen, lackierten Fingernägel waren an den Reben gesplittert. Und ihre Städterinnenkostüme wanderten auf den Schwarzmarkt, für Butter und Äpfel. »Die Bäuerinnen haben damals Chanel getragen beim Schweinestall-Ausmisten!« Ich höre ihre Stimme noch. Wenn ihr Ärger zu groß wurde, schlug sie Papa. Mit einer Hemmungslosigkeit, die er fürchten lernte. Trotzdem gelang es ihm selten, nichts falsch zu machen. Er durfte sich nicht schmutzig machen, wenn er mit den Dorfkindern, seinen Cousins und Cousinen spielte, sonst setzte es Schläge. Er durfte nicht reden wie sie, nicht rennen wie sie. Er durfte nicht sein. Sie nahm den Besenstiel zu Hilfe, den Teppichklopfer, den Gürtel. War ihre Wut groß, zerstörte sie sein Spielzeug. Einmal zertrat sie ein Küken, das er geschenkt bekommen hatte, »ein nutzloser Fresser«.

Ich weiß nicht, ob Alfons und Else mitbekamen, wie es meinem Vater erging. Damals war die Tracht Prügel ja ein probates Erziehungsmittel, großzügig eingesetzt von Eltern, Lehrern, Pfarrern und Dorfgendarmen. Papa selbst meinte immer, es hätte ihm nicht geschadet. Dass Mama bald verschwand, zurück nach Italien, wo sie hergekommen war, dass er Alkoholiker wurde und Frührentner, das führte er auf andere Dinge zurück. Nur eines im Leben hatte er zustande gebracht, pflegte er zu sagen: mich. Und mich hatte er weggeschickt. Mit zehn kam ich ins Internat nach Südbayern. Obwohl es auch im nahen Gaibach ein Gymnasium gegeben hätte. Oder im Kloster Münsterschwarzach. Ich höre meine Großeltern noch wettern: Geldverschwendung. Aber Vater setzte sich durch. Er setzte mich in den Zug, und ich fuhr in die Welt, mitten in den Siebzigern, ein Flüchtlingskind wie er damals nach dem Krieg. Seine Dorfheimat wurde meine Fremde.

Susanna schien nicht den Anfang machen zu wollen. Also zog ich die Akte heraus und legte sie auf den Tisch. »Du hast ihn zuletzt am 4. August gesehen.«

Sie schüttelte den Kopf. »Das war Diana. Sie hat mit ihm geredet, weil sie Hilfe brauchte für das Weinfest. Er hat dann immer den Weinstand an der Hauptstraße geführt.«

»Er hatte zugesagt?«

Sie nickte. »Natürlich hat er. Und deshalb wusste ich auch sofort, dass das alles Unsinn war, von wegen Auszeit oder Urlaub oder Abhauen. Der Anton ist keiner, der abhaut, wenn Arbeit ansteht.«

»Natürlich nicht.«

Es musste spitz geklungen haben. Sie runzelte die Stirn.

»Entschuldige. Der Satz hat mich nur so an Großvater erinnert.«

Mein Großvater hatte, nachdem er 1948 aus der Gefangenschaft entlassen worden war, die wirtschaftliche Aufholjagd begonnen. Er war ein eiserner Arbeiter gewesen. »Das muss man ihm zugutehalten«, hatte Papa immer gesagt. »Du musst dem Arschloch gar nichts zugutehalten«, hatte ich darauf stets erwidert. Jedenfalls nachdem ich erfahren hatte, dass der Kriegsheimkehrer die Erziehungsmethoden seiner Frau mit harter Hand fortführte. Erweitert um

Fußtritte und das Einsperren im Keller. Er tunkte seinen Sohn auch schon mal in die mit eiskaltem Wasser gefüllte Badewanne und hielt ihn am Nacken fest. Im Namen der Arbeitsmoral. Aus Volkach hatte er es trotzdem nie wieder hinausgeschafft. Wenn ich nicht seine Todesanzeige gesehen hätte und es besser wüsste, würde ich sagen: Er und sein Weib hocken noch immer in einem der graubraunen Steinhäuser und dünsten ihre Bitterkeit aus.

Susanna wirkte nicht bitter, sie wirkte weich, ein wenig müde. Sie sah nicht aus wie ein geschlagenes Kind, Diana genauso wenig. Ich hatte in meinem Beruf inzwischen genug gesehen, um sie auf Anhieb zu erkennen. Es war mein Zweig der Familie, der vergiftet gewesen war. Ein Wassertrieb, den man rechtzeitig hätte ausgeizen sollen. Obwohl: Manchmal brachte eine Verletzung, eine Quetschung oder ein Schnitt im Holz einen Trieb dazu, Knospen anzusetzen. Dann wurde Fruchtholz daraus.

»Wie kann ich helfen?«, fragte ich.

Susanna faltete die Arme andersherum. »Ich weiß es nicht«, gestand sie. »Ich dachte, wenn du dir alles ansiehst … Und du kanntest ihn doch … kennst ihn doch«, verbesserte sie sich und schaute mich erschrocken an.

»Du bist sicher, dass ihm was zugestoßen ist.«

»Er wäre nie einfach so verschwunden.« Sie sagte es mit Überzeugung, und ich glaubte ihr.

Diana kam zurück. »Erzähl ihr von den Postkarten«, sagte sie.

»Das ist noch so eine Sache.« Susanna schüttelte den Kopf. »Nicht zu begreifen.«

»Ich hab Kopien davon gesehen, aber die sind schwer lesbar«, antwortete ich.

»Ich hol die Originale.«

»Auf dem Bord«, rief Susanna ihrer Schwester nach. Es war offenbar überflüssig. Diana kam mit einem Satz von vier Postkarten zurück. Die Motive waren aus Berlin, die Poststempel ebenfalls. Touristenbilder.

»Kannte er dort jemanden?«, fragte ich, während ich die Stempel prüfte.

Sie schüttelten beide den Kopf.

»Irgendwelche Frauenbekanntschaften?« Ich fragte es spontan. Ein Mann, der plötzlich aus seinem Leben flüchtet, Arbeit und Familie im Stich lässt – was trieb den um, wenn nicht Suizidgedanken oder eine Frau?

»Du kennst doch Anton.« Es war Diana, die lachte.

Ich war mir nicht sicher: Kannte ich Anton? »Er war mit Marina zusammen, oder?«, fragte ich. Das hatte ich als Studentin noch mitbekommen. Ich war zum Weinfest zurückgekehrt und hatte Anton gesehen, der endlich und folgerichtig sein »wunderbares Mädchen« über die Tanzfläche schwenkte. Ich saß am Rand und wurde von keinem aufgefordert, außer von Peter, dem Guten. Nach hiesigen Maßstäben hatte ich vermutlich nicht wie eine Frau ausgesehen, eher wie ein Kind, mit meiner pinkfarbenen Latzhose und den Rastahaaren. Heute trug ich die Haare kurz und einen Hosenanzug. Doch die Ausgangslage war die gleiche. Ich war allein. »Ihr seid ja alle jung zusammengekommen.« Ich dachte an Peter und Markus.

»Es hat nicht lange gehalten mit den beiden. Manchmal ist das so, stimmt's? Man himmelt einen aus der Ferne an, aber in der Nähe passt es dann einfach nicht. Er war danach mit einer von Sommerach verheiratet.«

Diana ergänzte: »Und vergiss net, die Ines, die Kleine vom Metzger Zilk seiner Tochter, soll von ihm gewesen sein heißt es jedenfalls.«

»Stimmt«, fiel Susanna ein. »Noch ein Grund, warum er in dem Sommer nie gegangen wäre: Die Ines war doch die Weinkönigin. Er war so stolz auf das Mädel.«

Diana sah ihre Schwester von der Seite an. »Mit mir hat er da nie drüber geredet.« Susanna zuckte mit den Schultern.

»Verheiratet, der Anton?« Ich überlegte. »Hätte ich den Namen nicht in der Akte finden müssen?«

»Sie hieß Petra.«

»Hieß?«

»Sie ist mit vierzig an Brustkrebs gestorben.«

Ich machte eine respektvolle Pause von zwei Sekunden. »Und danach also die Metzgerstochter?«

»Die hat nie ein böses Wort über ihn gesagt.«

»Und danach?«, insistierte ich.

Schwesterliches Schulterzucken. »Du kennst ja Anton.«

Wieder dieser Satz. Statt in mir nach einer Antwort zu suchen, nahm ich mir die Karten vor. Es war seine Schrift, das hatten beide Schwestern bestätigt, und Abgleiche mit Briefen von ihm bekräftigten es. Zerstreut las ich mich hier und da ein. »Im Dunst der Peitschenlampen wandere ich durch Berlin.« Oha. Da schrieb einer Großstadtlyrik. »Es ist heiß, aber die vielen Kaffeehäuser sind Hilfe.« Wie bitte: sind Hilfe? »Wirklich toll, so ein Brandenburger Tor.« Da sagst du was Wahres. »Der Bär ist das hiesige Wappentier, stellt euch vor.« Ja, stellt euch das nur vor. In mir keimte Ärger auf. »Ach endlich einmal Großstadtluft.« Da fehlte sogar das Komma. Ich schob den kleinen Stapel wieder von mir. Nichtssagend war das, albern, gestelzt. Unzusammenhängend. Nichts von dem verträumten, tiefgründigen Mann, der er in meiner Vorstellung war, steckte darin.

»Das klingt alles nicht nach ihm, nicht wahr?« Susanna hatte mich beim Lesen beobachtet. Ihre Augen bettelten.

»Ich kannte ihn leider nicht so gut wie ihr.« Ich legte die Karten hin. »Was hat die hiesige Polizei gesagt?«

»Die hat sich kaum Mühe gegeben. Du weißt ja: volljährig, kann machen, was er will. Kein Hinweis auf ein Gewaltverbrechen. Sein Koffer war weg, der Pass ebenfalls. In seinem Schrank haben Kleider gefehlt.«

»Tja«, sagte ich.

»Aber das war auch komisch«, bemerkte Diana. »Zum Beispiel fehlte sein Lieblingshemd. Aber auch ein Jackett, das ihm schon lange zu klein geworden war.«

»Vielleicht wollte er wieder reinwachsen? In der Midlife-Crisis möchte so mancher seine Jugend zurück.«

Diana verzog das Gesicht. »Hör bloß auf, du klingst schon wie unser Dorfpolizist.«

Susanna hatte angefangen zu weinen.

»Na, na, wer wird denn.« Markus war aus der Küche gekommen, rote Hände, verschwitzt, die Schürze umgebunden. Ich wurde herzhaft umarmt. Zwiebeln und Schweiß. Hitzige Wärme. Kaum vorstellbar, dass diese Lippen einmal meine berührt haben sollten. Er ging ein Fenster öffnen und zündete sich nach einem verschmitzten Blick auf die Frauen eine Zigarette an.

»Du rauchst«, stellte ich fest.

»Hat mir deine Oma beigebracht«, sagte er und schnippte die Asche nach draußen in den Blumenkasten. »Ich durfte manchmal ihre Zigarette anzünden und dabei den ersten Zug machen. Dann hat sie mir zugeblinzelt. Manchmal hab ich auch ihre Ausgedrückten aus dem Aschenbecher geklaut und aufgeraucht. Da war dann immer ihr Lippenstift dran.«

Orange und viel zu grell. Ich erinnerte mich. Als sie alt wurde, lief er in die Falten um ihren Mund. »Bäh«, sagte ich unwillkürlich.

»Deine Oma war eine Dame. Ihr bronzener Drehaschenbecher war das Wunder meiner Kindheit.«

»Was sagst du zu den Karten?«, wechselte ich das Thema.

Er zuckte mit den Schultern. »Manchmal packt es einen eben.«

»Markus!« Die Stimme seiner Frau knallte wie eine Peitsche.

Er drückte seine Zigarette aus. »Wir haben einander«, sagte er. »Bei Anton war das anders.«

Susanna schüttelte erst den Kopf, dann legte sie die Hände vor das Gesicht. »Er hatte alles, alles.« Es war durch ihre Finger kaum zu verstehen.

»Hatte er Feinde?« Es war immer gut, sich hinter die beruflichen Floskeln zurückzuziehen.

Markus zündete sich eine neue an. Durch den Rauch hindurch betrachtete er mich mit zusammengekniffenen Augen. »Nicht, seit dein Vater tot ist.«

»Markus!« Der gleiche empörte Ton.

»Was denn, Diana? Wir wissen alle, dass er damals dem Anton ins Haus marschiert ist und ihm gedroht hat, er soll die Finger von seiner Tochter lassen. Ja, von dir«, sagte er und nickte mir zu. »Wollte nicht, dass sein kostbares Töchterchen einen Dorfdeppen bekommt. Inzest mit dem Cousin! Gottstehunsbei.«

»Aber der Anton hat doch nie …«, entfuhr es mir. Ich verstummte.

»War ihm unheimlich wichtig, dass aus dir was Besseres wird.«

Ich wedelte mit der Hand durch die Luft, wollte es abwehren, das »Bessere«, den Ärger, der aus dem Satz sprach. Papa hatte es nur gut gemeint. Er hatte mich nicht vor ihnen beschützen wollen. Nicht vor Volkach. Nur vor seinem

Vater. Der mich eines Tages mit dem Gesicht an die Wand gedonnert hatte, dass meine Nase brach. An seine Hand in meinem Nacken erinnerte ich mich. An die andere unter meinem Kinderrock nicht. Nur an die Tränen, die ich im Zug vergoss, und wie ich Papa angebettelt hatte, mich dazulassen. Wenn nicht ich es gewesen war, die etwas Böses getan hatte, warum war ich es dann, die gehen musste? Damals begriff ich es nicht. Und mein Vater, dem ich es hätte verzeihen müssen, war nicht mehr da. Sollte ich Markus das erzählen?

Der fügte seinen Ausführungen hinzu: »Hätt sich keine Sorgen machen brauchen, dein Vater; der Anton ist immer den Weg des geringsten Widerstands gegangen.«

»Markus!« Diana wies mit dem Kinn auf Susanna, die auf die Tischplatte starrte.

»Nix für ungut. Ich muss wieder.« Er verschwand in die Küche. Eine Frau begegnete ihm in der Tür. Groß, dünn, geschminkt. Ich hätte sie nicht wiedererkannt, trotz der Locken.

»Marina.« Susanna und Diana begrüßten sie mit einer Umarmung und einem Kuss auf die Wange.

»Ihr habt mich vergessen, als ihr über Feinde gesprochen habt«, sagte sie und setzte sich sehr gerade hin. Als sie unsere Blicke bemerkte, fügte sie hinzu: »Ich hab es durchs Fenster gehört, als ich kam.« Sie wandte sich an mich und reckte das Kinn. »Die Polizei war bei mir und wollte meine Wohnung sehen.«

»Sie dachten nicht, dass du ihm was getan hättest«, warf Susanna ein. »Sie dachten nur, er wäre vielleicht bei dir.«

»Um der alten Zeiten willen?« Marina schnaubte.

»Und? Warst du sein Feind?«, fragte ich.

»Weil er mich für meine Schwester sitzen ließ? Ich hätte ihn umbringen können.« Sie schüttelte den Kopf, dass die

Locken flogen, trotz des Haarsprays. Und ich erkannte die Geste. »Aber das ist zwanzig Jahre her. Und inzwischen hab ich zwei Tanten zu Tode gepflegt. Und es sind noch ein paar andere Sachen passiert, die man so Leben nennt, schätze ich.« Sie schaute mich an. »Du hast dich wenig verändert.«

Ich zuckte mit den Achseln.

»Aber du solltest färben.« Sie lehnte sich zurück. »Ich werd meine färben, bis sie mir ausfallen.« Ihr Blick wanderte über den Tisch, die Karten. Ich folgte ihm. Sie griff nach einer der Karten. »Du solltest dich da nicht so reinsteigern, Susanna, echt.«

Jetzt war es an meiner Cousine, mit den Achseln zu zucken. Sie sanken danach noch ein Stück tiefer.

»Ach, Schätzchen.« Marina nahm sie in die Arme.

»Tag allerseits.«

»Peter!« Susanna machte sich frei und stand auf, um ihrem Mann entgegenzugehen. »Die Helene ist da.«

Er schaute mich an. »Die Frau Kommissarin.« Schätzte mich ab. Lächelte dann. »Siehst deinem Vater ähnlich«, stellte er fest.

»Danke«, sagte ich. Selber erstaunt über meine Reaktion.

»Bei seiner Beerdigung warst du das letzte Mal hier.« Er neigte den Kopf. »Es war nicht recht von deinen Großeltern, dir einen Platz beim Leichenschmaus zu verweigern.«

Das raubte mir kurz den Atem. »Du hast das mitgekriegt?«

»Jeder hat das mitgekriegt, Helli. Das hier ist Volkach.«

Mit zusammengebissenen Zähnen erinnerte ich mich an die Szene vor dem *Gasthaus Rose*. Damals gab es Dianas und Markus' Gasthof noch nicht. »Und ich dachte schon, ihr meint, ich wäre einfach ein Stoffel und abgehauen.«

»Hast uns jedenfalls nicht das Gegenteil mitgeteilt.« Er feixte, als er meine Verlegenheit sah. »Hast nie geschrieben«, neckte er mich weiter.

Ich musste grinsen. »Von den Liebesbriefen an dich mal abgesehen. Aber die bleiben unser Geheimnis, gell?«

Er lachte und drückte seine Frau an sich, die sich ein Lächeln abrang. Er küsste sie mit Nachdruck auf die Schläfe. »Ach, Susannchen«, sagte er. Und an mich gewandt: »Es wäre Zeit, dass das jemand beendet.«

»Was glaubst du?«, fragte ich ihn, Markus' Äußerungen eingedenk.

»Es ist ihm was passiert, was Schlimmes.« Er sagte es mit Nachdruck.

Seine Frau klammerte sich an ihn. »Du denkst, er ist tot.« Es war halb Aufschrei, halb Schluchzen.

Über ihren Kopf hinweg schaute Peter mich an. »Das wird die Helli rauskriegen, gell?«

»Ach was, tot – abgesetzt hat er sich, wieder einmal.« Marina trommelte mit den Fingern auf die Tischplatte. Dann griff sie nach den Karten. »Verschwinden, das konnte er immer gut. Und macht sich aus der Ferne über uns lustig.« Sie nahm den Stapel, legte alles bündig und riss die Karten in zwei Teile, ehe ich einschreiten konnte. »Ich weiß nicht, was ihr alle in ihm gesehen habt.« Mit großer Geste warf sie die Fetzen auf den Tisch.

»Ich bring einen Wein.« Diana war vermutlich froh, aus dem Raum zu kommen. Sie kehrte mit einer Flasche Silvaner und fünf Gläsern zurück. Die Flasche war leicht beschlagen, der Wein leuchtete. Unwillkürlich entspannte sich die Stimmung. »Unser Bester, probier mal. Obervolkacher Landsknecht, ganz filigran im ... entschuldige«, unterbrach sie sich. »Das ist der Beruf.«

Doch sie hatte recht. Der Schoppen schmeckte wirklich exzellent. Auch die zweite Flasche, eine Scheurebe, war süffig. »Der Schwiegervater mochte ja immer eher die ausgewogenen, harmonischen Weine.« Peter taute auf, innerlich und äußerlich. Seine von der Arbeit in der Kälte geröteten Pranken, die das Glas hielten, streichelten es sacht. »Ich mag die wilden lieber. Experimentier gern mit der Säure.«

Susanna wuschelte ihm durchs Haar.

»Wild warst du damals schon«, meinte ich. »Ich erinnere mich noch. Immer vorn dran.« Die anderen lachten. »Weißt du noch, wie du im Weinberg mal von der Trockenmauer gefallen bist? Waren das nicht mindestens vier Meter?«

Er schenkte mir ein nachsichtiges Lächeln. »Ich arbeite da heute täglich, Helli, es sind höchstens zwei.«

»Na, es sah aber hoch aus.«

»Heute ist er ruhiger«, sagte Susanna, die Hand noch immer im Haar ihres Mannes. »Nur tanzen tut er noch wie ein Wilder.«

»Daran erinnere ich mich auch.« Ich hob mein Glas und prostete ihm zu. »Mir tun heute noch die Füße weh.«

»Gerüchte!«, protestierte er.

Markus kam wieder aus der Küche. Noch eine Stunde bis zur Ankunft der Gäste. »Wenn der Suffkopf von Ober nicht auftaucht, müssen wir alleine eindecken.«

»Ich kann helfen«, bot ich an.

Sie winkten ab. »Gott bewahre, bis wir dir alles erklärt haben. Noch ein Gläschen?«

Sie tranken, ohne dass man ihnen etwas anmerkte, und ich erinnerte mich. Daran, dass Papa hier nie unangenehm ins Bild gerückt war. Unter all den Genießern fielen die echten Alkoholiker nicht groß auf. So konnte er sich still und heimlich um sein Leben saufen.

»Hat der Anton eigentlich getrunken?«, fragte ich, das Glas in der Hand.

Sie schauten mich an, als wäre ich vom Himmel gefallen.

»Der Anton war Malermeister. Der brauchte eine ruhige Hand.«

»Das wusste ich gar nicht. Malermeister.«

»Er hat mit dem Wein nie viel anfangen können«, ließ Peter sich vernehmen.

»Oder mit dem Kochen«, fügte Markus hinzu. »Er war mehr der Denker. Komisch eigentlich, dass er nicht auf der Schule geblieben ist. Aber das wollte er auch nicht.«

Sie schauten still vor sich hin. Es hätte sich angeboten, einen Toast auszubringen. Aber das hätte bedeutet, zuzugeben, dass er tot war.

»Das Einzige, was er richtig gernhatte, war seine Musik.« Susanna erinnerte sich. »Beim Weinfest hat er manchmal einen Auftritt gehabt. Aber es ging ihm gar nicht ums Publikum.«

»Stimmt, wie oft hab ich ihm gesagt, er könnte mit seiner Gitarre hierher ins Lokal kommen; die Leute mögen so was doch. Aber er hat am allerliebsten daheim für sich geklampft.«

»Gitarre«, murmelte ich.

»Und gesungen hat er dazu. Eigene Texte.«

Anton, singend, über seine Gitarre geneigt, das sehr blonde, so zarte Haar in die Stirn fallend. Ich versuchte, es mir vorzustellen. Aber alles, was ich zustande brachte, war, das Bild des Zehnjährigen vor mir erstehen zu lassen. Sonnenbrand auf der Nase, kurze Hosen, eine Fusselbürste vor dem Mund. »Marina, Marina, Marina.« Unwillkürlich summte ich die Melodie. Ich schaute auf. »Erinnert ihr euch nicht?«

Als sie den Kopf schüttelten, begann ich es ihnen zu erklären. Der Tag im Partykeller. Das Lied, der Verhörer, der peinliche Moment, als er seine verkorkste Textversion hinausschmetterte. Peitschen wir ein Bärchen. Wie konnten sie das vergessen haben?

Ich sah es noch wie heute. Das Glas zwischen den Fingern der Linken drehend, schaute ich versonnen auf die Tischplatte, als wäre sie eine Leinwand, auf der der Film unseres Gestern lief. Ein Kinderfilm, unschuldig und bunt. Die Fetzen der Postkarten lagen dazwischen.

Ich bemerkte es, bevor ich es begriff. Wenn man nicht las, sondern nur schaute, fielen sie sofort ins Auge: die einzelnen Silben, die dicker geschrieben waren als andere. Von »Peitschenlampen« war es das »PEITSCHEN«, das ins Auge stach. Dann fiel mir der »BÄR« auf. Vom folgenden »Ach« waren nur das »C« und das »H« nachgezogen, vom »endlich« das »EN«. Jetzt suchten meine Augen und fanden: das »WIR« in »wirklich«, das dicke »EIN« vor dem Brandenburger Tor und schließlich das »HILFE«. Die anderen mochten den Auftritt von damals vergessen haben. Anton hatte ihn nicht vergessen. Und seine Botschaft hatte mich gefunden.

Ich hob den Kopf und schaute Marina an. »Wo hast du ihn?«, fragte ich. Ich dachte an den Polizisten, der bereits bei ihr vorstellig geworden war. Ich kannte das Protokoll, das er von seinem Besuch angefertigt hatte. Keine besonderen Vorkommnisse, keine Auffälligkeiten. Er war ein alter Volkacher, ein Schulfreund von ihr, und hatte sich nett mit ihr unterhalten, bis er wieder ging.

»Was?« Sie blinzelte. Verwirrt, wie es verständlich war. Doch sie übertrieb dabei.

»Wo du ihn hast, frage ich. Er lebt doch noch, oder?«

Ich nahm mir noch einmal die Kartenreste vor. Die erste stammte vom 15. August. Die letzte war im Dezember abgestempelt. Ich versuchte, den Gedanken abzuschütteln, dass sie ihn gezwungen hatte, alle auf Vorrat zu schreiben, um sie verschicken zu können, während er schon lange tot war. Nein, sagte ich mir, wünschte ich mir, hoffte ich. Sie hatte diese Karten abgeschickt, um alle davon abzuhalten, nach ihm zu suchen. Damit sie ihn für sich behalten konnte. Endlich für sich allein.

»Die erste hast du gleich abgeschickt. Die zweite nach dem Besuch deines Polizistenfreundes, falls er Verdacht geschöpft hätte. Die dritte«, ich guckte auf das Datum. »Das fällt mit Susannas erneutem Versuch zusammen, ihn für vermisst erklären zu lassen. Und was war im Dezember passiert?«

»Was ... Was ...« Sie versuchte es mit Stammeln. Vielleicht war sie wirklich erstaunt. Sie musste sich im Laufe der Zeit sehr sicher gefühlt haben.

»Im Dezember hatten wir einen Familienrat.« Susannas Stimme klang brüchig. »Wir beschlossen, nicht nachzulassen. Wir wollten Interpol einschalten. Du warst dabei.« Sie schaffte es mit Mühe, die alte Freundin anzusehen.

»Ihr glaubt doch nicht im Ernst ...« Marina ließ die Locken tanzen. Die alte Geste. So vertraut. Peter, Diana und Markus saßen da, als wären sie abgeschaltet worden. Es war zu schwer vorstellbar.

Aber wo hielt sie ihn versteckt? Für so etwas brauchte man die richtige Umgebung. Das hier war ein Ort, an dem jeder alles wusste. Gelogen, dachte eine Stimme in mir.

Ich versuchte es mit einem Schuss ins Blaue. »Der Partykeller?« Er war früher ein Gärkeller gewesen. Das war ein altes Gemäuer mit dicken Wänden. Kein Lärm, der nach außen dringt. Hatten wir ja damals mit unserem Gegröle bewiesen.

»Du spinnst doch.«

Ich schob ihr die Fetzen hin, setzte sie Stück für Stück zusammen. »Ein Hilferuf«, erklärte ich und wies auf die entsprechenden Stellen. »Offenbar hat er keine Lust, mit dir zusammen weiter den Bär zu peitschen, Marina. Obwohl ich das ja nach wie vor für eine entzückende Metapher halte.«

Sie hielt die Lippen fest zusammengepresst und starrte mich an, um den Blicken der anderen auszuweichen. Die Temperatur um sie herum hatte sich gesenkt.

»Ich kann meine Kollegen anrufen, Marina, und wir fahren mit Blaulicht und Mannschaftswagen vor. Oder du führst uns jetzt hin, und ich nehme dich unauffällig in meinem Auto mit. Ganz zivil. Du kannst es dir aussuchen.«

»Aber, aber ...« Susanna hob ratlos die Hände. »Den Partykeller gibt's doch gar nicht mehr. Sie haben die ganze Scheune darüber abgerissen, schon vor Jahren. Und der Kellerabgang ist vermauert.«

»Irgendwo wird schon ein Zugang sein, stimmt's, Marina?« Ich hielt ihrem Blick stand.

Es dauerte eine ganze Weile, bis sie in die Tasche ihrer Jacke griff und einen Schlüsselbund herausholte. Sie suchte einen aus und legte ihn auf den Tisch. »Im Küchenboden, unter dem Tisch unterm Teppich. Da ist eine Klappe.«

Mit einem Aufschrei griff Susanna nach dem Schlüssel. Sie rumpelte gegen den Tisch, scherte sich nicht drum und lief hinaus, so schnell es ihre Absätze zuließen.

Marina stand auf. »Können wir los? Ich will den Mistkerl nicht mehr sehen.«

Ich nickte, das Smartphone bereits am Ohr. Sie würden vielleicht einen Krankenwagen brauchen. Ein Einsatzkommando orderte ich außerdem. »Gelogen«, sagte ich zu Marina und zog meine Handschellen heraus. »Mach dir nichts draus. Es würden eh bald alle wissen. Das hier ist Volkach.«

Susanna war bereits auf und davon, die Männer folgten. Diana zögerte. »Und jetzt?«, fragte sie.

Ich ließ die Metallringe um Marinas Handgelenke zuklicken. Ich würde sie gleich hier den Kollegen übergeben. Keine Lust, mit ihr an meiner Seite eine lange Autofahrt hinzulegen. Worüber sollten wir reden: über früher?

»Helene«, sagte Diana, die etwas in meinem Gesicht gelesen haben musste.

Ich winkte ab. Wollte etwas sagen. Verstummte wieder. »Grüß Anton von mir«, sagte ich schließlich. Was sollte ich noch sagen? Ich kannte ihn kaum. Ich war hier nur ein Gast. Damals im Sommer, diesmal im Winter. Das Gefühl der Fremdheit war das gleiche. Besser, einen Schnitt zu machen. Nicht aus allen Wunden wuchs etwas.

Diana schien das zu verstehen und ging. Zu Anton, zu den anderen.

Nachdem die Kollegen gekommen waren und ich ihnen Marina übergeben hatte, saß ich lange in meinem Auto. Starrte auf das Hoftor mit dem Schild, dem Rosenstock links und dem Weinstock rechts davon, beide noch nackt und dürr. Als Kind war das das Schönste für mich gewesen, so romantisch wie Dornröschen: Weinlaub und rote Rosen vor dem Hintergrund einer alten Sandsteinmauer. Ich wollte weg. Ich wusste nicht, wohin. Ohne nachzudenken drehte ich den Zündschlüssel und fuhr los. Der Weg fand sich ganz von selbst.

Der Aufstieg war nicht lang. Vorbei an alten Mauern und schmiedeeisernen Gittern mit Winzerwappen stieg ich hinauf zur Maria im Weingarten. Egal, wie viel sie unten gebaut hatten, den Blick konnten sie nicht verschandeln. Und egal, wie viele Touristen hier im Sommer stehen mochten: Es war dieselbe Stille, die mich umgab. Die Sonne schien jetzt im Winter nur silbrig und schwach. Doch in meiner Erinnerung konnte ich die Bienen hören.

Als Anton kam, hätte ich ihn fast nicht erkannt. Und doch gleich. Der fremde Mann neben mir fühlte sich sofort vertraut an. Er war dünn geworden. Mir schien, er zitterte.

»Du hättest zu einem Arzt gehen sollen.« Was für ein erster Satz.

Er antwortete nicht darauf. Stattdessen sagte er. »Hier bist du früher auch immer hin, wenn du traurig warst.«

»Du doch auch«, sagte ich, eingedenk des Tages, an dem er sich wegen des Liedes geschämt hatte.

Er schüttelte den Kopf. »Nur wenn ich wusste, dass du da sein würdest.«

»Aber ich bin nicht zu dir gekommen damals.« Ich hielt den Blick nach vorn gerichtet auf die Aussicht.

»Du bist jetzt gekommen.« Er legte den Arm um mich. Ich hätte es nicht gekonnt. Doch ich atmete aus. Endlich. Endlich. Anlehnen. Loslassen. Und wenn er tausendmal mein Cousin war. Inzest, hallte Markus' Stimme in mir nach. Dazu ganz andere Bilder. Böse Erinnerung. »Hast du damals eigentlich gewusst ...«, begann ich. Verstummte dann.

Anton blinzelte hinaus in das kalte, dunstige Licht über den Weinbergen. »Als meine Eltern sich damals scheiden lassen wollten, gab's viel Geschrei. Nicht vor den Leuten, aber daheim, nicht zu überhören für mich im Kinderzimmer. Unter anderem ging's darum, dass ich nicht das Kind meines Vaters sei.« Er atmete mühsam aus. »Sie haben sich dann ja wieder eingekriegt. Aber zurückgenommen wurde es nie. Später wollte ich Mutter danach fragen, aber du weißt ja, wie das ist. Familiengeheimnisse. Ich meine nur, ich will damit sagen, dass wir ...«

Ich spürte Antons Nähe, die Wärme seines Körpers, der sich ein wenig fester an mich drückte. Ich umschlang ihn mit beiden Armen.»Schon klar«, sagte ich. Was für ein letzter Satz.

Thomas Kastura

Beste Freunde

ZELL AM
EBERSBERG

An jenem Tag ging Berthold Lamprecht früh aus dem Haus, kurz nach Sonnenaufgang, als die ersten Lichtstrahlen über dem Ebersberg nur als vage Ahnung wahrnehmbar waren. Für den winterlichen Rebschnitt hatte er seine Elektroschere dabei. Vorsichtshalber nahm er auch seine doppelläufige Flinte mit.

Letzte Woche war es ihm so vorgekommen, als habe er einen Mann gesehen, der in der Burgruine umherstreifte, mit einer Schiebermütze auf dem Kopf und einem langen Wanderstab von der Art, wie ihn die Leute früher benutzt hatten. Und am Vorabend, während es stark geregnet und Berthold die Verkorkungsmaschine in der neuen Halle gereinigt hatte, war das Rauschen des Wassers draußen unterbrochen worden von einem anderen Klang, als prallten die Tropfen auf einen Regenschirm oder eine wetterfeste Jacke. Doch durch die beschlagenen Kunststoffscheiben hatte er nichts erkennen können.

Er stellte seinen Lieferwagen am Ende des Wirtschaftsweges ab. Dort war das Gefälle des Hanges für konventionelle Fahrzeuge zu stark. Bei der Lese hier heroben benutzte er einen Vollernter mit Kettenantrieb. An manchen Stellen freilich, die besonders abschüssig waren und an mehreren Seiten schräg abfielen, konnte man sämtliche Arbeiten nur per Hand erledigen.

Es war halb acht. Berthold blieb noch einen Augenblick sitzen, nahm einen Schluck Tee aus der Thermoskanne und spähte durchs Wagenfenster nach draußen.

Dichter Nebel hing zwischen den Rebzeilen des Zeller

Schlossbergs. An diesem Hang, auf einer Fläche von nur einem halben Hektar, gediehen die Trauben für seinen besten Tropfen, einen Silvaner. Sie wuchsen auf Keuperboden, der im Sommer und Herbst enorme Hitze abstrahlte, beste Bedingungen für den Weinbau.

Inzwischen war seine Silvaner Spätlese überaus begehrt. Hochdekoriert auf internationalen Messen und Verkostungen, bildete das Große Gewächs die Grundlage eines seit Jahren anhaltenden Erfolgs. Der Silvaner besaß ein abwechslungsreiches Bukett von Quitte und Stachelbeere und eine feine, mineralische Würze. Gourmetköche servierten ihn zu geräuchertem Saibling oder Hummer, zu gebratener Rehleber, Perlhuhn und anderen edlen Gerichten. Er erzielte Spitzenpreise, was sich auch auf den Absatz von Bertholds Standardweinen auswirkte, die er in größeren Mengen herstellte: Müller-Thurgau, Spätburgunder, außerdem Kerner und Bacchus. Ja, er konnte mit Fug und Recht behaupten, das Weingut ein für alle Mal aus den roten Zahlen herausgeführt und zu einem florierenden Unternehmen gemacht zu haben. Dass es dabei anfangs nicht mit rechten Dingen zugegangen war, wusste niemand. So gut wie niemand.

Widerstrebend stieg er aus und steckte die Elektroschere in seine Jacke. Die Flinte hängte er sich quer über den Rücken, doch bei dem Nebel konnte er ohnehin wenig damit anfangen, er sah ja kaum die Hand vor Augen. Wenigstens verlieh ihm die Waffe ein Gefühl der Sicherheit.

Er stapfte los und begann mit dem Rebschnitt. Zwickzwack. Stets ließ er nur einen oder zwei Triebe stehen. Dadurch reduzierte er zwar die Ertragsmenge, erhöhte aber die Qualität. Die Kraft des Rebstocks würde sich während der Vegetationsperiode in den wenigen verbliebenen Trieben sammeln, und all die Einflüsse von Licht, Luft, Erde und Wasser, dem Terroir, würden sich in den Trauben konzentrieren und einen einzigartigen Geschmacksreichtum herausbilden, vollmundig, ausdrucksstark. Ein Weinkritiker hatte einmal geschrieben, dass es sich lohnte, für den Zeller Schlossberg von Berthold Lamprecht einen Mord zu begehen. Da war der Kerl gar nicht so weit von der Wahrheit entfernt gewesen.

Die Elektroschere surrte bei jedem Schnitt, Trieb um Trieb fiel zu Boden. Dadurch wurde der von den Regenfällen aufgeweichte Untergrund noch rutschiger, Berthold musste aufpassen, nicht den sicheren Tritt zu verlieren. Wenn er mit dem Winterschnitt fertig war, würde er die entfernten Triebe häckseln und als natürlichen Frostschutz auf dem Boden verteilen. Angesichts von mehr als zweitausend Rebstöcken auf der Steillage hatte er noch ein paar Tage intensiver Arbeit vor sich.

Er richtete sich auf und wischte sich den Schweiß von der Stirn. Wieder eine Rebzeile geschafft! Berthold atmete schwer. Man wurde ja nicht jünger. Jeder Schritt ging wegen des ständigen Auf- oder Absteigens auf die Gelenke, die allgegenwärtige Feuchtigkeit drang ihm in die Glieder.

Und die Flinte behinderte ihn, andauernd kam ihm der Kolben in die Quere.

Er horchte. Der Nebel schluckte alle Geräusche. Von der Straße im Tal drang kein Fahrzeuglärm herauf. Keine Vögel machten sich bemerkbar, nicht einmal Krähen, die ihm sonst immer auf die Nerven gingen mit ihrem Friedhofskrächzen. Aber es war noch früh am Morgen, und an einem Sonntag konnte man davon ausgehen, dass kaum jemand auf den Beinen war, schon gar nicht in der Nähe des Zeller Schlossbergs. Die meisten Leute frühstückten jetzt. Oder sie lagen noch in ihren Betten und überlegten sich, ob sie sich zur Messe aufraffen sollten.

Berthold nahm die Flinte von der Schulter. Er konnte sie nicht ständig mit sich herumtragen. Also lehnte er sie an einen Stock am Anfang der nächsten Rebzeile, dadurch blieb sie in Reichweite. In ein paar Minuten würde er wieder daran vorbeikommen.

Weiter mit dem Rebschnitt. Ein Lied aus seiner Kindheit kam ihm in den Sinn. »Zwick-zwack, mit der Zange dauert es nicht lange ...« Augsburger Puppenkiste. Wie lange war das her? In den 1970ern waren sie die besten Freunde gewesen, Karl und er, die beiden Winzerbuben. Eine güldene Zeit, wehmütig rief er sie sich in Erinnerung.

Sie hatten in den elterlichen Weingütern mitgeholfen, und zwar nicht zu knapp. Damals gab es bis auf einen Traktor und die Abfüllanlage kaum Maschinen, fast alles wurde von Hand erledigt. Als Kinder mussten sie die großen Fässer von innen schrubben, weil sie klein und gelenkig waren und durch die enge Öffnung passten. Eine elende Plackerei.

Dafür wurde der Jahreslauf immer wieder von Zeiten des Stillstands unterbrochen. Die Natur ruhte – und auch der Mensch. Nach Weihnachten baute Karl seine Carrerabahn auf, er, Berthold, seine Cowboystadt. Sie sahen fern, *Urmel aus dem Eis*, die *Peanuts* und dergleichen. Manchmal durchstreiften sie die Weinberge, den Schlangenweg oder den Böhlgrund und fühlten sich wie Winnetou und Old Shatterhand. Die Trauben wurden im Herbst gelesen, gekeltert und vermostet. Danach reifte der Wein ohne aufwendiges Zutun quasi von allein, um im Januar auf Flaschen gezogen zu werden. Der Verkauf erfolgte direkt ab Weingut, Bertholds und auch Karls Vater belieferten darüber hinaus ein paar Händler. Kein Mensch hätte im Winter daran gedacht, die Reben zu beschneiden. Ein paar tote Triebe ausholzen, mehr hielt man nicht für nötig. Man produzierte auf Menge. Den Leuten aus der Region schmeckte es. Weil sie nichts anderes kannten.

Dann, als Karl und er erwachsen wurden, änderte sich alles. Die Konkurrenz aus Frankreich und Italien drängte auf den Markt, und die fränkischen Anbaugebiete gerieten ins Hintertreffen. Eine Zeit lang ging es noch gut, die Stammkunden hielten den alten Erzeugern die Treue. Doch nach und nach mussten die Winzerfamilien ums Überleben kämpfen. Mit den Billigpreisen für Massenproduktion konnten sie nicht mithalten, und im Qualitätssegment hatten sie keine Chance. Der Ruf des Frankenweins war angekratzt. Mitte der 1990er war klar, dass man umdenken musste. Modernisierung war das Gebot der Stunde.

Ihre Väter ersetzten die alten Holzfässer durch Stahltanks, investierten in neue Maschinen. Aber es war nie genug. Der Markt, der inzwischen auch Überseeimporte umfasste, war ihnen weit voraus. Bis auf ein paar Liebhaber wollte keiner mehr die Zeller Weine kaufen. Zu sauer. Zu flach. Und die Etiketten waren hoffnungslos veraltet.

Karls alter Herr starb, Bertholds Vater musste mit Demenz in eine Pflegeeinrichtung. Auf einmal waren die Jungen für ihre beiden Familienbetriebe verantwortlich, nachdem sie in Würzburg alles Mögliche studiert hatten, nur keinen Weinbau. Karl, schon damals weitsichtiger, konnte einen Abschluss in BWL vorweisen. Berthold hingegen fiel durch das erste juristische Staatsexamen und schrieb das Studium ab, für Prüfungen büffeln war noch nie seine Sache gewesen.

Sie kehrten auf ihre Weingüter zurück. Und aus Freunden wurden Rivalen.

Auch was Frauen betraf. Auf diesem Feld stellte sich Berthold zunächst geschickter an. Er heiratete Antonia, eine Industriellentochter aus dem Münsterland, die er über Karl kennengelernt hatte. Dank Tonis Geld konnte er einige Jahre weiterwursteln. Mit einem Haufen Antiquitäten motzte er den elterlichen Hof zu einem Landhaus auf, aber das Weingut machte kontinuierlich Verlust. Was er auch probierte, es klappte nicht. Er kaufte Barriquefässer viel zu teuer ein. Kümmerte sich nicht um EU-Drittmittelförderung. Verschlief die Umstellung auf Riesling- und Weißburgunderanbau. Berthold musste größere Kredite aufnehmen.

Währenddessen machte Karl alles richtig: computergesteuerter Kellerausbau, Erweiterung des Sortiments, schickes Marketing, radikaler Rebschnitt, vor allem in den klimatisch begünstigten Steillagen. Berthold meinte, die Erfolgsformel zu kennen: Seinem eigenen Weingut fehlte es schlicht an einer Spitzenlage, um auf dem Radar der Weinkritiker zu erscheinen. Auf seinem Land gedieh einfach kein Großes Gewächs, da konnte er machen, was er wollte. Er brauchte dringend ein agrarisches Filetstück. Dann würde der Durchbruch nicht mehr lange auf sich warten lassen.

Er fragte seinen alten Freund, ob er ihm die Parzelle am Schlossberg abgeben wollte, im Tausch mit minderwertigen Lagen aus seinem eigenen Besitz.

Karl hatte empört abgelehnt und sich wie ein dummer Junge behandelt gefühlt, obwohl der Abend so gemütlich gewesen war vor Bertholds raumgreifendem Kaminofen. Obwohl sie lange in alten Jugend- und Studentenzeiten geschwelgt hatten. Und obwohl sich Toni so offenherzig gezeigt hatte nach einer Flasche Carlos-Secco. Als ob es ihr in Karls Anwesenheit leichter gefallen wäre, sich locker und verführerisch zu geben.

Dies alles ging Berthold durch den Kopf. Zwick-zwack. Seine Hände arbeiteten wie von selbst. Alles Überflüssige wegschneiden und nur das stehen lassen, was Erfolg versprach – eine gute Philosophie. Warum war er nicht schon vor Jahrzehnten darauf gekommen? »So wird's gemacht«, hätte er seinen Vater belehrt – und wenigstens einmal über ihn triumphiert.

Er näherte sich wieder dem Anfang der Rebzeile. Der Nebel war so dick, dass man ihn einatmen musste wie Gas. Oder wie Rauch bei einem Häuserbrand. Ja, der Brand in der alten Halle ... Der hatte alles auf den Kopf gestellt. Oder vom Kopf auf die Füße.

Die Flinte war weg.

Er konnte es nicht fassen. Er erinnerte sich genau, wohin er die Waffe gestellt hatte, neben eine Banderole am Draht, die von der Lese übrig geblieben war.

Spurlos verschwunden.

Ihn fröstelte. Hektisch blickte er sich um, versuchte, im Nebel etwas zu sehen. Reflexhaft steckte er die Elektroschere ein, um die Hände frei zu haben.

Oberhalb der Steillage befand sich ein Waldstück, das den Weinberg vor kalten Nord- und Ostwinden schützte. Die Bäume waren nur als dunkler Streifen zu erkennen.

Plötzlich ertönte ein metallisches Knacken. Es klang, als hätte jemand einen Schuss abgefeuert.

Berthold schmiss sich der Länge nach hin. Wegen des starken Gefälles drohte er abzurutschen. Er befand sich an der steilsten Stelle der Weinlage, die zwar am schwierigsten zu bewirtschaften war, wo aber die hochwertigsten Trauben wuchsen, für seine Spät- und Beerenauslesen. Das Gelände lief nach oben hin spitz zu wie die Seite einer Pyramide. Wenn er hier den Halt verlor, würde er den Hang ungebremst hinunterstürzen. Geistesgegenwärtig gelang es ihm, sich an einem Rebstock festzuklammern. Mit ausgestreckten Armen lag er auf dem Bauch, das Gesicht schmutzbeschmiert.

Er hob den Kopf.

Etwas landete ein paar Meter vor ihm auf dem Boden. Es war seine Flinte – in zwei Teilen. Jemand hatte den Lauf am Scharnier abgebrochen. Selbst mithilfe der Hebelwirkung, etwa indem man auf den aufgeklappten Lauf trat und sich gegen den Kolben stemmte, waren dafür enorme Körperkräfte erforderlich oder enorme Wut.

»Suchst du das?«, kam es von weiter oben.

Berthold kannte die Stimme. Sie klang heiser, aufgrund der Verbrennungen am Hals. Karl würde bis zu seinem Lebensende nur krächzen können wie die Krähen, von denen sich Berthold immer beobachtet fühlte, die ihm überallhin zu folgen schienen, nur heute nicht.

Er schwieg.

»Sie haben mich früher rausgelassen«, fuhr Karl fort. »Gute Führung. Damit hast du nicht gerechnet, wie?«

Berthold hatte zumindest eine Vorahnung gehabt, ein ungutes Gefühl, sonst wäre er nicht mit der Flinte losgezogen. Aber er hatte es nicht wahrhaben wollen.

»War keine leichte Zeit im Gefängnis, ganz und gar nicht. Man fühlt sich da wie lebendig begraben.«

Berthold versuchte, wieder auf die Beine zu kommen. Er zog sich an dem Draht hoch, an dem die Reben festgebunden waren. Der Draht vibrierte, seine Schwingungen pflanzten sich an der Rebzeile fort.

»Alle Achtung, was du aus dem Schlossberg gemacht hast! Im Knast durfte ich Zeitschriften bestellen. Hab mir natürlich Weinmagazine kommen lassen, um die Marktentwicklung zu verfolgen. Berthold Lamprecht, der Erfolgswinzer. Berthold Lamprecht erhält den Wein-Oscar. Du bist ein richtiger Star geworden.«

Er schätzte die Entfernung zu Karl. Zehn Meter? Oder zwanzig? Wo stand er überhaupt? Im Nebel war das unmöglich festzustellen.

»Nach der Zwangsversteigerung ist es mit dir bergauf gegangen. Bis ganz nach oben. Na ja, *fast* bis ganz nach oben. Da stehe ich jetzt nämlich, zumindest auf das Gelände bezogen.« Ein hohles, kratziges Lachen. »Fällt mir zwar nicht leicht, mit meinem lädierten Bein hier hochzusteigen, aber es geht schon irgendwie. Mit einem Wanderstab. Sieht aus wie der Bischofsstab des heiligen Kilian. Den hast du doch aufs Flaschenetikett genommen, damit's mehr nach Tradition aussieht.«

»Was willst du?«, presste Berthold hervor.

»Was ich will? Ist das alles, was dir einfällt?«

»Lass uns reden! Setzen wir uns bei einem Schoppen zusammen und –«

»Ich soll mich mit dir an einen Tisch setzen?«, unterbrach ihn Karl. »Wie in alten Zeiten? Das könnte übel ausgehen, oder nicht?«

»Brauchst du Geld?«

»Deines ganz gewiss nicht.«

»Warum bist du dann hier?«

»Um ein paar Dinge klarzustellen. Manchmal kriege ich nicht mehr genau zusammen, was damals passiert ist. Vielleicht hilfst du meinem Gedächtnis auf die Sprünge.«

Es hörte sich so an, als würde Karl sich auf dem Boden niederlassen. Oder auf einer mitgebrachten Decke. Ein leises Ächzen drang durch den Nebel.

»Also gut. Beginnen wir mit dem letzten gemeinsamen Abend, an dem alles in die Brüche ging. Toni trug dieses geblümte Sommerkleid, das mit dem Wahnsinnsausschnitt. Stimmt's?«

Auch Berthold versuchte, sich einigermaßen bequem hinzusetzen. Das schien eine längere Unterhaltung zu werden. Bei Karl hatte sich wohl einiges angestaut. »Das Kleid hat sich Toni selbst gekauft«, brummte er.

»Du hast ihr ja nie solche Geschenke gemacht. Hübsche Sachen außer der Reihe, Überraschungen, die man nicht erwartet. Seit der Hochzeit nicht mehr, das hat sie mir gesagt.«

»Ihr habt euch eben blendend verstanden. Immer schon.« Berthold konnte seine Eifersucht, die sich nach all den Jahren wieder regte wie ein verschlagener alter Köter, kaum verbergen.

»Kommen wir zu deinem lächerlichen Angebot, den Schlossberg gegen deine Tallagen einzutauschen. Aus denen lässt sich gerade mal Federweißer machen. Für wie dumm hast du mich eigentlich gehalten?«

»So ist das bei einem Handel. Man steigt erst mal niedrig ein.«

»Das war eine Beleidigung!« Karl klang aufgebracht. »Ich hätte gleich aufstehen und gehen sollen.«

»Stattdessen hast du dich mit mir gestritten, mir allerlei Vorträge gehalten – und Toni dabei schöne Augen gemacht. Ihr immer wieder von deinem verdammten Secco nachgeschenkt.«

»Schaumweinproduktion – darauf habe ich dich auch erst mit der Nase stoßen müssen.«

»Du hältst dich immer noch für schlauer als die anderen. Und? Was hat dir dein ganzes Weinwissen gebracht?« Berthold schnaubte abfällig. »Mit Toni ist es ja auch nicht so gelaufen, wie du dir das vorgestellt hast.«

»Toni war mein größter Fehler, das gebe ich zu.« Karl sprach jetzt ganz leise, seine Worte waren kaum zu verstehen. »Ich hätte ihre Nachricht auf dem Anrufbeantworter gleich löschen sollen.«

»Und du hättest am Morgen nach dem Streit nicht zurückkehren dürfen, zu uns nach Hause, am helllichten Tag.«

»Sie hat mich angefleht! Dass sie es nicht länger mit dir aushält. Dass sie sich was antut.«

»Das war der Kater nach dem vielen Alkohol, dann wurde sie immer hysterisch.«

»Ich wollte einfach nur für sie da sein, mir bei einem Kaffee ihre Sorgen und Nöte anhören.« Ein bisschen klang es wie eine nachträgliche Entschuldigung.

»Aber ihr seid im Bett gelandet. In unserem Himmelbett aus Venedig. Ihr dachtet, ich wäre zu Besuch bei meinem Vater im Pflegeheim.« Berthold lachte spöttisch. »War ich ja auch, aber nur kurz.«

»Lange genug, dass es für ein Alibi gereicht hat.«

»Wenn du der Krankenschwester regelmäßig einen Fuffi zusteckst, zahlt sich das irgendwann aus. Und in Knetzgau war Kirchweih, das hat auch geholfen.«

»Keine Zeugen.«

»Niemand hätte Tonis Kreischen gehört. Aber die Schlampe hat geschlafen, aus Erschöpfung, vermute ich. Oder weil sie schon wieder hoffnungslos besoffen war. 2,4 Promille hat die Polizei festgestellt, und das war Stunden später.«

»Du warst drauf und dran, uns beide umzubringen.«

»Als ich euch in flagranti erwischt habe … ja, das war eine große Versuchung. Wie im Kino: Der gehörnte Ehemann sieht rot und schlägt mit dem Schürhaken wild drauflos. Hätte mir nur ein paar Jahre eingebracht wegen verminderter Schuldfähigkeit, Totschlag im Affekt und so weiter. Aber dann ist mir was Besseres eingefallen. Etwas viel Besseres.«

»Du hast gesagt: Klären wir es wie Männer. Ich bin darauf reingefallen.«

»Weißt du noch, wie es früher war? Du wolltest immer Winnetou sein, der edle Wilde.«

»Die Gentleman-Rothaut.«

»Und ich Old Shatterhand, der Mann mit dem harten Schlag.«

»Der auch mal zu einer List greift.«

»Genau! Freut mich, dass du es so siehst.« Bertholds Stimme troff vor Hohn. So langsam bekam er in diesem Rededuell die Oberhand.

»Wir gingen in die alte Halle. Dein Vorschlag. Da sei genug Platz für einen Faustkampf.« Karl schien das Sprechen zunehmend schwerzufallen. »Und als ich an der Abfüllanlage vorbeiging, an der Maschine zum Verkorken der Flaschen, die mit dem langen Hebel, da hast du mich bewusstlos geschlagen.«

»An dem Hebel habe ich mir x-mal den Kopf gestoßen, das kam andauernd vor.«

»Du hast den Hebel aus seiner Arretierung gelöst und mir eine verpasst. Dann hast du ihn wieder in die Maschine gesteckt.«

»Was du dir so einbildest ...«, sagte Berthold unbestimmt.

»Nur dass ein Schlag auf den Hinterkopf mit mehr Gewalt ausgeführt wird, als bei einem zufälligen Zusammenprall entsteht.«

»Ermessenssache. Der Rechtsmediziner war ein Studienkollege von mir.«

»Hab ich mir schon gedacht.«

»Und weiter?«, wollte Berthold wissen. »Was hast du dir noch zusammengereimt?«

»Dann hast du den Benzinkanister aus meinem Auto geholt, den großen aus Blech, zwanzig Liter. Dafür hast du wahrscheinlich Handschuhe benutzt, wegen der Fingerabdrücke. Du hast das Benzin in der alten Halle verteilt, es angezündet, mir das Feuerzeug in die Hosentasche geschoben und das Weite gesucht. Bist zurück zu deinem Vater gefahren, wegen des Alibis.«

»Mein alter Herr hat sich immer über Besuch gefreut. Damals hat er mich noch erkannt.«

»Es sollte so aussehen, als habe ich dich durch die Brandstiftung in den Ruin treiben wollen, ich, der Liebhaber deiner Frau, was auch durch die gynäkologische Untersuchung nachgewiesen wurde.«

»Spermarückstände. Sie fand das ziemlich erniedrigend.«

»Sie fand *dich* erniedrigend, so erniedrigend, dass sie sich schleunigst von dir scheiden ließ!«

»Unter erheblichen Einbußen. Sie hat fast ihr gesamtes Erbe verloren – und ihren guten Ruf in der Region. Nach deiner Verurteilung habe ich Toni nie wieder gesehen. Sie ging zurück ins Münsterland. Wie ich höre, ist sie in den Schweinemastbetrieb ihrer Familie eingestiegen. Die haben da mehr Schweine, als es in Franken Rebstöcke gibt. Kannst du dir das vorstellen?«

»Du hättest mich verbrennen lassen!«, schrie Karl.

»Die Feuerwehr traf mit Verspätung ein. Muss an der Kirchweih gelegen haben, da geht es immer hoch her. Dauerte eine Weile, bis jemand auf den Rauch reagiert hat. Aber du wurdest gerettet.«

»Mit Verbrennungen dritten Grades, am Hals, der Schulter, an meinem linken Bein.«

»Bis zum Prozess warst du ja wieder verhandlungsfähig.«

Eine Pause entstand. Die Dinge waren klargestellt, fand Berthold, so wie Karl es beabsichtigt hatte. Unschöne Dinge, auf die niemand stolz sein konnte. Die sich jedoch aus der Situation ergeben hatten. Einer Situation, die eine einmalige, niemals wiederkehrende Gelegenheit gewesen war. Berthold hatte sie beim Schopf ergriffen, zum ersten Mal in seinem Leben. Endlich einmal hatte er den richtigen Riecher besessen. Die Möglichkeiten erkannt, die ihm Tonis Untreue eröffnet hatte.

Betrogene Ehemänner durften überreagieren, das war quasi ein Naturrecht, auch juristisch fiel das ins Gewicht. Wenn der Liebhaber seiner Frau ein alter Freund war, dann erst recht. Damit hatte er sein Gewissen jahrelang beruhigt.

»War's das?«, fragte Karl schließlich. »Kein Wort der Reue?«

»Dafür ist es wohl zu spät.«

»Dafür ist es nie zu spät.«

»Hast du auch ein Gewehr? Knallst du mich jetzt ab?«

Karl schwieg.

Aber Berthold hörte etwas. Geräusche schwerer Schritte auf nassem Untergrund. Kurzer Schritte wegen des Gefälles, unregelmäßig, näher kommend. »Rache – darum geht es dir, oder? Auge um Auge, Zahn um Zahn?«

»Nein.«

»Nein?«

»Ich bringe dich nicht um, falls du das meinst.« Eine Gestalt zeichnete sich im Nebel ab. »Ich wollte nur die Wahrheit erfahren. Oder bestätigt wissen.«

»Na gut«, sagte Berthold unsicher und ein wenig erleichtert. Er richtete sich auf. »Wenn du dich nicht rächen willst, was willst du dann?«

»Wir waren Freunde. Blutsbrüder, wenn du dich erinnerst. Wir haben uns mit Taschenmessern geritzt. Dann reichten wir uns die Hände.«

Endlich konnte Berthold erkennen, wen er vor sich hatte, in vielleicht zwei Metern Entfernung. Karl war schrecklich abgemagert, fleckige, eingefallene Wangen, ein wirr wuchernder Vollbart. Hass, Ohnmacht, Enttäuschung hatten dieses Gesicht geformt, und nichts davon ließ sich rückgängig machen. Karl wirkte wie ein Geist, der vom Ebersberg herabgestiegen war, um eine sterbliche Seele mit sich zu reißen.

»Reich mir deine Hand«, sagte Karl.

»Warum?«

»Ich möchte Abschied nehmen.«

Berthold rührte keinen Finger.

Etwas traf ihn an der Brust. Karls Wanderstab.

Er fiel hintenüber. Instinktiv versuchte er sich irgendwo festzuklammern, doch diesmal gelang es ihm nicht. Die Steillage wurde ihm zum Verderben. Er stürzte, sich überschlagend, zwischen den Rebzeilen hindurch, spürte, wie er sich dabei verrenkte, wie Knochen brachen, im Hüftbereich, auch die Rippen und sein rechter Oberschenkel. Ein heftiger, bohrender Stich im Rücken. Der Zeller Schlossberg zeigte kein Erbarmen.

Abrupt kam sein Körper zum Stillstand. Nichts regte sich mehr. Er war gegen eine Stützmauer geprallt, die den Hang vor dem Abrutschen bewahren sollte.

Der Schmerz war überwältigend. Er konnte seine Beine nicht mehr bewegen, die Arme auch nicht. Nur noch in den bleiernen Himmel starren. Und mit letzter Kraft einen verzweifelten Hilferuf ausstoßen.

Eine Hand legte sich auf seinen Mund.

Sein Hilferuf erstarb.

Eine weitere Hand durchsuchte seine Tasche. Fand die Elektroschere. Probierte sie aus. Das Gerät funktionierte.

Toni beugte sich über ihn. Sie verharrte kurz, um sicher zu sein, dass er sie mit seinen vor Entsetzen geweiteten Augen erkannte.

»Darauf habe ich lange gewartet. All die Jahre. Wie oft habe ich es mit Karl durchgespielt?«

»Im Knast?«, stöhnte Berthold.

»Einmal die Woche zu den Besuchszeiten. Wir sind ein Liebespaar geblieben, trotz allem.«

»Du siehst gut aus. Fast unverändert.«

»Hass konserviert.«

»Und jetzt? Willst du mir mit der Schere die Kehle durchschneiden?«

»Jederzeit.« Toni sah an ihrem Ex-Gatten herab. »Aber ich glaube, du verblutest. Die Arterie an deinem Oberschenkel, da spritzt es nur so heraus.«

»Binde das Bein mit irgendwas ab!« Berthold spürte, wie die Lebensgeister aus ihm wichen. Rapider Abfall des Blutdrucks. »Nun mach schon! Ruf einen Krankenwagen!« Ihm wurde schwarz vor Augen.

Toni ließ die Schere fallen. Sie trug Handschuhe gegen die Kälte. Es würde wie ein Unfall wirken. Star-Winzer beim Rebschnitt abgestürzt. Niemand würde je die Wahrheit erfahren.

Bertholds Blut sickerte ins Erdreich.

Vielleicht wurde ein besonders würziger Spätburgunder daraus.

Jo Kilian

Der Brunzkarddler*

Lombardische Antipasti, in Olivenöl und Salbei zart gebratenes Osso bucco, dazu einen trockenen Roten, ein Barrua vielleicht, notfalls auch einen Chianti. Hauptsache gut und passend zum Anlass, wir haben allen Grund zum Feiern.

Ich muss los und klemm mir die Schachteln und Schalen unter den Arm. Wie auf Schienen gleite ich der *Sonne* entgegen – das heruntergekommene Gasthaus inmitten der ehrwürdigen, alten Stadt, die so viele Geheimnisse wie verborgene Schätze in sich birgt. Ab morgen wird alles anders, und ich könnte platzen vor Glück.

Das Doppelfenster von Barbaras Schlafzimmer steht offen, unser geheimes Zeichen, wenn ihr eifriges Frettchen wieder Besseres zu tun hat als mit ihr vom Süden zu träumen, von Meer, Sand und Sternen. Aber nicht heute, mein Kolibri, dein *Cavaliere* wird anderswo gebraucht.

Ich steig die Stufen zur *Sonne* hoch, drück die Tür auf. Vor mir der lange, finstere Gang, die Küche und die alte Speisekammer. Zwei Lampen werfen schummriges Licht bis hinter zu den vergammelten Toiletten. Es riecht nach Verwesung und Tod, dumpf und unheimlich, als hätte man einen unseligen, längst vergessenen Schlund geöffnet, und ich habe daraus eine Schatzkammer gemacht.

Zur Linken geht's die Treppen hoch ins Obergeschoss. Dreißig Goldesel werden dort Platz finden. Mit dem Geld wird die Waschküche mit zwanzig weiteren Betten finanziert. Dann der Dachstuhl, der Keller ...

---

* Überzähliger Spieler beim Schafkopf, der nur zum Einsatz kommt, wenn ein anderer Spieler die Toilette aufsuchen muss.

Aus dem Gastraum gegenüber dringen die Stimmen meiner Freunde, es wird gescherzt und geprostet. Ich will sie nicht warten lassen und trete ein.

»Was trinken wir?«, fragt Robert mit Blick aufs Glas, das er prüfend gegen das Licht einer alten Hängelampe hält – ein grob geschnitztes Monstrum der Geschmacklosigkeit, auf dem »Reben ranken« und »Häcker tanken« eingraviert ist. Robert ist ein junger, ambitionierter Architekt, der uns die Bruchbude trotz aller Einwände des Denkmalschutzes umbauen wird.

»Grauer Burgunder, Berg Rondell, erste Lage«, preist Werner sein prämiertes Erzeugnis. Er ist der erfolgreichste Weinbauer und somit die mächtigste politische Stimme im Ort, er hat das Projekt durch den Gemeinderat geboxt.

Harald, der Leiter der Sparkasse und der Finanzier unserer Sache, pflichtet ihm bei. »Best of Gold. Eine höhere Auszeichnung kann man hierzulande kaum gewinnen.«

Bernd stimmt in die Laudatio mit ein. »Zum dritten Mal in Folge. Was kann jetzt noch kommen?« Er steht der Ausländerbehörde vor und wird uns den Laden vollmachen.

»Das nächste Gold!«, prophezeit Werner. »Was denn sonst?«

Zugegeben, manchmal nimmt er den Mund ganz schön voll.

»Zum Wohl!«, und schon läuft das flüssige Gold die Kehlen hinunter.

Ich stelle das Essen auf den Tresen und schenke mir ein. »Nicht so schnell, meine Freunde. Wartet auf mich.«

»Qualle!«

Das bin ich, Pasquale Marchetti. Ich bin nicht sonderlich stolz auf den Spitznamen, es hätte schönere gegeben. Schließlich bin ich nicht irgendwer, ein Niemand, sondern stolzer Nachfahre von Agostino und Antonio Bossi, den berühmten Stuckateuren, die einst hier gelebt und gearbeitet haben. Aber was soll's: Meine Freunde dürfen mich alles nennen, sie sind mir das Wichtigste im Leben, meine *familia*.

»Unsere Zukunft ist aus Gold gemacht«, hebe ich an, und die Gläser klingen hell und verheißungsvoll.

Nachdem sie geleert sind, geht's ans Essen. Meine Freunde sind hungrig und können es kaum erwarten, von mir und meiner italienischen Küche verwöhnt zu werden. Anfangs zögern sie immer, denn die originale italienische Küche ist ihnen so fremd wie mir ihre Klöße und ihr Kraut.

»Nur zu, esst!«, ermuntere ich sie. »Was Besseres bekommt ihr nirgends.«

Robert, der Architekt, ist der Mutigste unter ihnen. Die *Carciofi alla Romana* zergehen ihm auf der Zunge, ich erkenne es am Leuchten in seinen Augen. »Bravo, maestro, bravo!«

Ich seufze dankbar. Was kann es Schöneres geben als die Wertschätzung und die Zuneigung deiner Freunde?

So geht es Teller um Teller, das Osso bucco wird mehr verschlungen als genossen ... ich drücke ein Auge zu. Kultur braucht Zeit, um sich zu entwickeln. Unter Werners ausgezeichneten Weinen befindet sich kein einziger Roter, sodass der Graue Burgunder herhalten muss. Darauf folgt eine Silvaner Spätlese, ein Riesling ... bis ich es vor Ungeduld nicht mehr aushalten kann.

»Womit geht es morgen los?«

Sie wischen sich die Schnäbel ab und schütten ein Glas Wein hinterher. »Morgen ist morgen«, sagt Werner, »heute ist Schafkopf.« Er legt die Karten auf den Tisch.

Jeden Mittwoch um neunzehn Uhr treffen wir uns zum

Schafkopfspiel, aber dieser Mittwoch ist nicht wie die anderen. »Freunde«, sage ich, »es gibt Wichtiges zu besprechen.«

»Papperlapapp«, fährt mir Harald über den Mund, »nichts geht über die Tradition.«

Ja, sicher ...

Bernd schnappt sich die Karten. »Räum schon mal ab, Qualle, damit wir anfangen können.«

»Aber ...«

»Keine Widerrede«, sagt Werner, »den Rest besprechen wir später.«

»Welchen Rest?«, frage ich.

Es ist ihm unangenehm. »Mit ... Schluss jetzt, wir wollen spielen.«

Ein Solo mit Folgen

Ich bin der Brunzkarddler, das fünfte Rad am Wagen. Überschüssig und unnütz, belächelt und verspottet. Ein lächerlicher Trottel, der glaubte, mitspielen zu dürfen, ein vollwertiges Mitglied unserer kleinen Gemeinschaft zu sein. Ein Freund, ein Mensch. Mehr habe ich nie gewollt ...

Seit einer Stunde spielen und zechen sie, während ich sie vom Tresen aus beobachte. Auf meine Fragen, was Werner mit dem »Rest« gemeint hat und mit dem »später klären«, habe ich bislang keine Antworten erhalten. Doch ich ahne es: Etwas stimmt nicht, etwas stimmt ganz und gar nicht mit meinen Freunden, auch wenn sie sich ansonsten ganz normal verhalten.

»Hundsverreck!«, schimpft Robert mit seinem Mitspieler Bernd, »Herz ist Trumpf! Herz!«

Zu spät, viel zu viele Augen gehen verloren, und Harald

zählt sie zusammen, als blicke er dabei auf einen Berg aus Goldmünzen. »Das wird saftig ...«

»Ein Lehrstück, wie es kein zweites gibt«, schnauft Werner zufrieden, »die totale Vernichtung.«

»Red net dumm daher«, giftet Robert zurück, »gib!«

Ich schaue mir das nicht länger an. »Freunde«, sage ich und komme an den Tisch, »lasst uns endlich besprechen, was es zu klären gibt.«

Verstohlene Blicke, keiner will mir eine Antwort geben, bis sich Werner ein Herz fasst.

»Was soll's. Bringen wir es hinter uns.«

Ich nicke zufrieden. Endlich.

»Qualle«, beginnt er in aller Namen, »das wird nix mit uns.«

»Was, *nix* ... Ich verstehe nicht.«

Harald eilt ihm zu Hilfe. »Versteh uns nicht falsch ... du bist ein lieber Kerl ...«

»Aber der Falsche«, sagt Bernd.

»Du bringst es nicht«, sagt Robert.

Bemüht verständnisvolle Blicke nehmen mich ins Visier, sodass mir die Geduld abhandenkommt. »Was, zum Teufel, meint ihr?!«

»Du bist raus«, antwortet Werner trocken.

»*Raus?* Wo *raus*?«

»Wir machen den Deal ohne dich«, sagt Harald, und alle anderen nicken.

Mein flüchtiger Blick geht reihum, ich verstehe nicht ... bis ich's kapiere und erleichtert seufze. »Ein Scherz! Ihr wollt mich ...«

»Kein Scherz«, sagt Werner.

Und Harald legt nach. »Eigentlich warst du nie drin.«

»Nie richtig«, stimmt Bernd zu.

»Einfach überflüssig«, sagt Robert. »Zu nichts zu gebrauchen.«

»Vielleicht als Hausmeister.«

»Gott behüte.«

Mir schwinden die Sinne, es ist, als hörte ich sie in der Ferne sprechen.

»Erledigt! Jetzt lasst uns weiterspielen ...«

Zum wilden Mann

Eine Woche später. Wieder ist es Mittwochabend, und nichts ist wie vorher. Sie spielen oben im Gastraum ihr Spiel, während ich mein Solo tief unter der Erde vorbereite.

Finster ist es hier, feucht und modrig, ein schmales, spinnwebenverhangenes Geflecht von Fluchtwegen und Versorgungsschächten aus alten Zeiten, als man Angriffen standhalten und Belagerungen überstehen musste. Die Alten wussten noch, wo die Zu- und Ausgänge waren, wie und wo man hinein- und wieder herauskam, wo sich die Brunnenschächte befanden, die Vorratskammern und die Schutzräume für die Oberen von Stadt und Kirche. Agostino wusste sie sich zu Freunden zu machen. Ein kluger, vorsichtiger Mann war er, der sich viele Notizen gemacht hatte ... damals, wo sie alle zusammenkamen, in der Wirtschaft *Zum wilden Mann*.

Zu Agostinos überlieferten Notizen gehörte auch ein Plan, eine Zeichnung, die ich in den Unterlagen gefunden habe, in den Archiven der Stadt. Die Handschrift, die Zeichen und Symbole sind mit ungeübtem Auge nicht zu entziffern, auch ich brauchte Hilfe und fand sie in einem Schriftgelehrten aus meiner Heimat. Er offenbarte mir Unbekanntes und Verschollenes – die Tränen der Frankonia und ein Fass aus purem Gold ...

Ich bin für meine Freunde durch die Hölle gegangen, hab mir Tage und Nächte um die Ohren geschlagen, um die Nörgler, Zweifler und Besserwisser in der Stadt zu überzeugen, auch die Hater im Netz und die in der wirklichen Welt.

Nein, sie werden euch nichts tun. Sie brauchen eure Hilfe.

Niemand verlässt seine Heimat freiwillig. Sie wollen nur eine Chance, ein Leben in Frieden und Freundschaft. Mit euch!

Es gilt unser Gesetz, nicht ihres. Immer. Keine Ausnahme.

Was ihr für den geringsten meiner Brüder getan habt, habt ihr für mich getan. Seid barmherzig, wie es unser Heiland war, wie er es euch aufgetragen hat. Schaut mich an: Qualle kam als Fremder, jetzt lebe ich unter euch. Als ein Freund. Es kann gelingen. Es wird!

Ich habe das Eis gebrochen, ich habe die Drecksarbeit gemacht. Auf der Straße. Im Supermarkt. In der Kirche. Sogar zu ihnen nach Hause bin ich gegangen, um sie für unsere Sache zu gewinnen. Ohne mich gäbe es keinen Deal, kein Best of Gold. Nichts. *Nichts!*

Und wie zahlen sie es mir zurück?

Du warst nie drin. Nie richtig. Einfach nur überflüssig ...

Ein Urinal haben sie aus mir gemacht, eine stinkende Schüssel ihrer Maß- und Respektlosigkeit, in die sie spucken und pissen können, wie es ihnen passt. Von Anfang an, seitdem ich in diese Stadt gekommen bin, in der mein berühmter Vorfahre, Agostino Bossi, einst gelebt und diesen Barbaren Kunst und Kultur beigebracht hat.

Ab heute ist damit Schluss, ein für alle Mal. Ich werde sie lehren, was es heißt, ein armseliger Tropf, ein Spucknapf zu sein. Sie werden mich noch kennenlernen ... *Ich* spiele!

Ein doppelt gebrannter Wenz

Die erste Voraussetzung der Rache ist die Kunst der Verstellung.

Ich schenke ihnen Wein nach, gebe mich demütig und still, so, als würde ich mich ihrem Willen unterwerfen.

»Wie viel Wein ist noch da?«, fragt Werner.

»Zwei Flaschen, die eine angebrochen«, antworte ich. Also gerade mal noch einen bis zwei Schoppen pro Nase. Zu wenig, um die Sinne zu vernebeln.

»Schnaps?«

»Zwetschge, für eine Runde. Wenn überhaupt.«

»Dann quatsch nicht länger und schenk ein.«

Ich fülle vier Gläser mit einem doppelt Gebrannten, den ich mitgebracht habe. Knapp achtzig Prozent bringt er auf die Waage, er wird sie erleichtern, hundertpro. Zuvor gehe ich in die Knie, taste nach dem Zulauf unter der Spüle und drehe ihn zu.

»Das schaut mir doch ganz nach einem Alleingang aus«, höre ich Robert tönen.

»Was soll's denn sein?«, fragt Werner.

»Ein Wenz.«

»Übernimm dich nicht.«

»Wenn er unbedingt in sein Unglück laufen will?«, prophezeit Harald, und Bernd zuckt mit den Schultern. »Selber schuld.«

Ich stelle ihnen die Gläser hin. »Prost, meine Herren.«

Kurz darauf brennt es wie Feuer in ihren Kehlen.

Werner prustet, als dränge etwas mit unaufhaltsamer Kraft aus ihm heraus, Harald und Bernd fassen sich an den Hals, und Robert rennt zum Fenster, öffnet es und hechelt, als hätte er einen Marathon hinter sich.

»Wasser ...«

Ich habe anderes im Sinn und fülle vier große Gläser mit dem verbliebenen Wein, einem ... *Bacchus?* Soll mir recht sein. Hauptsache, er wirkt.

Ein verbrannter Gaumen kennt weder Maß noch Geschmack, zwei, drei Schlucke leeren die Gläser bis auf den Grund. Ein Seufzen geht reihum.

Mit hochrotem Kopf, aber dünner Stimme stellt mich Werner zur Rede. »Willst du uns umbringen?«

Ich gehe nicht darauf ein, sondern presche mit Blick auf Roberts Karten vor. Ihm steht der Sinn nach Überleben, nicht nach einem Spiel. »Ein Wenz? Soll mir recht sein.«

»Überleg's dir noch mal, Qualle«, warnt mich Bernd, »wer einen Wenz spielen will, muss wissen, was er tut.«

Ich weiß es ganz genau. »Willst du mir etwa Kontra geben?«, sage ich und lache keck.

»Kontra«, sagt Harald, und ich gebe ihm Kontra zurück. Er erwidert das Feuer, und im Handumdrehen geht es um ganz viel Geld.

»Dann spiel aus«, fordert mich Werner auf.

In den Motiven der Karten spiegeln sich meine Kontrahenten. Werner, der unbestrittene Eichelober. Bernd eine blasse Neun und Robert ein übermütiger Unter, der sich größer und wichtiger macht, als er ist. Harald ist die Schellnsau, er verwaltet die Schellen, die Münzen unser aller Konten.

»Herrgott, Qualle. Spiel endlich aus!«

Ich schmeiß ihnen eine Zehn zum Fraß hin, zur Täuschung, damit sie anbeißen. Dann den Ober, den schwächsten Unter und so fort. Es hagelt Spott und Gelächter. Am Ende hat nicht einmal die Schellnsau gestochen, ein Unter wurde übertrumpft, und die beiden anderen haben mir gerade mal zwölf Augen eingebracht.

»Qualle, du lernst es nie.«

»Wartet's nur ab ... Beim nächsten Mal kriege ich euch.«

Im Purgatorium

»Angestochen« nennt man den Grad der Alkoholisierung, wenn man angetrunken ist, aber glaubt, noch Herr seiner Sinne zu sein. Außerdem ist es noch nicht einmal zwölf Uhr. Ein Schoppen geht immer.

»Nichts mehr da«, sage ich.

»Dann geh zu meiner Frau«, befiehlt Werner, »sag Barbara, du kommst von mir.«

Später auf jeden Fall. Doch zuvor habe ich noch ein letztes Spiel zu spielen.

»Ich habe etwas entdeckt«, ködere ich sie mit dem zerfledderten, nahezu verblassten Plan meines seligen Vorfahren Agostino Bossi und lege ihn auf den Tisch. Sie bekommen große Augen. Die Gier packt sie bei meinen Worten, die Aussicht auf Ruhm und Reichtum.

Kurz darauf machen wir uns auf den Weg. Die präparierten Fackeln, die am Eingang zum Höllenschlund bereitliegen, brennen eine halbe Stunde lang, danach erlöschen sie wie von Geisterhand befohlen. Ein unvorsichtiger Schritt, eine falsche Entscheidung in diesem Geflecht aus Gängen und Kanälen, und niemand kehrt mehr wieder.

Mit der Fackel in der Hand gehe ich mutig voran. Die engen, niedrigen Gänge mit ihrem brüchigen Mauerwerk schlucken jeden Ton. Hinter mir sind Werner, Harald, Robert und der Angsthase Bernd.

»Keine gute Idee«, höre ich ihn klagen, »was, wenn wir uns verirren?«

»Folgt der Schnur«, erwidere ich, die ich eilends der Decke entlang gespannt habe, »sie führt euch zurück an die Oberfläche.«

Wer's glaubt, wird selig. Nein, man geht im Kreis, kommt immer wieder an ein und dieselbe Stelle zurück. Ein hoffnungsloses, zermürbendes Unterfangen, wenn man merkt, dass man einer hinterlistigen Lüge aufgesessen, in die Falle getappt ist.

»Wie weit ist es noch?«, fragt Werner. Er ist berauscht von Ruhm und Besitz, das ihm ein Fass aus den fürstbischöflichen Weinkellern des Jahres 1755 verspricht – jenes Jahr, als der junge Agostino Bossi zu seinem berühmten Onkel Antonio nach Würzburg kam, bei ihm in die Lehre ging und Meisterwerke schuf. Darunter die sagenumwobene, aber verschollene Figur der weinenden Frankonia, die in der Kirche am Berg gestanden hat und mit Wein, Gold und Schmuck in den Gängen versteckt wurde, als feindliche Heere die Stadt bedrohten.

»Noch ein, zwei Mal um die Ecke«, antworte ich.

Auch Harald treibt die Ungeduld, die Aussicht auf einen Schatz. Er würde für die Frankonia töten. »Ist sie es wirklich?«, will der Antiquitätenliebhaber wissen. »Was macht dich so sicher?«

Flüchtiger Sand rieselt von der Decke und knistert im Fackellicht. Vorsichtig jetzt, eine falsche Bewegung, und Tonnen von Erdreich begraben uns für alle Zeiten. Bei dem Gedanken fällt es mir schwer zu atmen. Ich muss einen klaren Kopf bewahren, überstürztes Handeln führt geradewegs in den Tod.

»Vertrau mir«, beruhige ich ihn. »Qualle erkennt ein Meisterwerk, wenn er es sieht.«

Werner schaltet seinen Verstand ein: »Warum hast du das Zeug nicht längst weggeschafft? Für dich behalten?«

»Für unser Projekt«, erwidere ich süß-sauer, »für unser Best of Gold.«

Wir sind da. Der Gang gabelt sich in zwei Schächte. Der eine führt in die Verzweiflung, der andere in den Wahnsinn.

»Werner, du gehst links. Harald rechts.«

Sie zögern. »Und was ist mit dir?«

»Vertraut ihr mir etwa nicht?« Sie tun es nicht, und ich lege meinen Dackelblick auf. »Kommt schon, Leute. Wir sind kurz vor dem Ziel.«

»Dann komm mit uns«, sagt Werner.

Auf keinen Fall. »Ich muss Robert die Pläne der alten Stadt zeigen. Eine uralte Kiste mit goldenem Beschlag.«

»Aber ...«

»Folgt der Schnur an der Decke«, sage ich mit fester Stimme, »sie führt euch zurück. Oder habt ihr Angst?« Ich lache höhnisch, und wie immer wollen sie mir den Stich nicht gönnen.

»Wehe«, droht mir Werner, als er sich an mir vorbeischiebt, »wehe, du verarschst mich.«

»Ich kann nicht bluffen, das weißt du doch.«

Auf Werner folgt Harald, und auch ihm sage ich mein Spiel an. »Die Schnur führt dich zu den Tränen der Frankonia.«

Bleiben noch Robert und Bernd. »Kommt, da vorne ist es gleich«, und die Narren folgen mir zu einer versteckten Kammer, wo einst der Graf und seine Kinder, vielleicht auch der Pfarrer und der Bürgermeister ausgeharrt haben, während die Angreifer über Stadt und Volk hergefallen sind. Reste von vermodertem Holz befinden sich darin, Becher und Schalen ... und ein Loch, das vermutlich als Fluchtweg zum Main gedient hatte. Damals.

»In der Ecke, dort drüben«, sage ich zu Robert, der aber zögert. »Die Pläne der alten Stadt ... Die Denkmalpflege wird dir auf ewig dankbar sein.«

Manchmal ist es überraschend einfach. Robert will sich beweisen, er will schneller als jeder andere vor ihm in die erste Riege der Architekten aufsteigen. Endlich geht er hinein.

Zurück bleibt Bernd. »Was machen wir so lange?«, fragt er mit zittriger Stimme und ängstlichem Blick auf die brüchigen Wände um uns herum und auf das schwindende Licht in den Schächten.

»Für dich habe ich auch ein Geschenk«, sage ich und schiebe ihn vorwärts. »Los, geh.«

»Aber die anderen ...«

»Heute ist Zahltag. Auch für dich.«

Er versteht nicht, aber er wird es gleich, wenn er seine feuchte Behausung erreicht hat.

Mit Blick auf den Wegeplan meines seligen Vorfahren dirigiere ich ihn zu einem abschüssigen Gang, an dessen finsterem Ende es plätschert, wo Wasser in eine Grube fließt.

»Vorsicht«, warne ich Bernd vor einem schmalen Steg, »gehe langsam hinüber.«

Er zögert. »Wohin führt er? Ist er sicher?«

Genug der Faxen, ich stoße ihn voran, sodass er ins Wasser stürzt und die Fackel erlischt. Darauf folgt ein fester Tritt auf den Steg aus Lehm und Stein, der wie ein Kartenhaus in sich zusammenbricht. Die Brocken kullern davon, verlieren sich im Nichts.

»Qualle!«, höre ich ihn rufen, während er gegen das Ertrinken ankämpft, »hilf ... mir.«

Sicher, schon bald. Bis dahin hoffe, bange, flehe und

schluchze, schrei dir die Seele aus dem Leib, es ist egal. Hier unten hört dich niemand, hier unten gehörst du mir.

»Apropos Hilfe ...«

Rache mit Geduld wird Wein

Jetzt weiß ich, wie man ein Solo spielt und es auch gewinnt. Man muss die Stärken und Schwächen der Gegenspieler kennen, Mut und Entschlossenheit bei der Umsetzung der Strategie zeigen, skrupel- und rücksichtslos sein. So wie Werner, der sich nun aber das Bein gebrochen hat und feststeckt. Aus dem finsteren Stollen schreit und flucht er, als hätte er Mitleid von mir zu erwarten.

»Wie wirst du den Gemeinderat überzeugen«, rufe ich ihm zu, »von mir und meiner Flüchtlingsunterkunft?«

»Eher verreck ich ...«

Wie du willst. Dann Plan B. »Barbara wird dich beerben, und ich werde ihr helfen, all dein Geld und deinen Besitz durchzubringen.«

Ein zorniger Aufschrei. Keine Reue, keine Bitte um Vergebung. Nichts. »Vom Weinfass aus dem Jahr 1755 ist nur noch eine verrostete Plakette übrig.« Ich werfe ihm das Ding entgegen. »Werde glücklich damit.« Weiter geht's zur nächsten Station.

Das Loch, das einst als Fluchtweg gedacht war, ist ein Stück größer geworden. Von Robert keine Spur. Nicht um alles Gold in der Welt setzte ich einen Fuß in die Kammer.

»Robert?« Ich horche mit spitzen Ohren in die Finsternis.

Keine Antwort. Dann wird es wohl auch nichts mit der steilen Karriere als Architekt. Ich nehme mir vor, auf seiner Gedenkfeier eine Rede zu halten, über sein Talent, seinen

Ehrgeiz und vor allem über seine Freundschaft, die mir so viel gegeben hat. Ich werde wohl auch ein paar Tränen vergießen. Genug, weiter geht's.

Zweite Regel: Meide die Angst, sie macht dich klein und schwach. Wenn du ängstlich bist, frisst du jeden noch so faulen Wurm und hängst am Haken. Harald ist ein guter Angst-Fischer. Er ködert dich mit geliehenem Geld, mit dem du deine Ängste überwinden und Träume verwirklichen kannst. Doch bevor du unterschreibst, lies das Kleingedruckte auf der Rückseite.

»Wir können über alles reden«, wimmert er unter einem Haufen Steinen begraben, während die Ratten dem Geruch der Schokolade folgen, die ich zwischen die Steine lege. Es gibt keinen besseren Köder, um die eifrigen Nager anzulocken. Danach folgt die Hauptspeise: Faulendes Fleisch.

»Die Tränen der Frankonia sind dir gewiss, auch wenn sie nur eine Legende sind. Lerne jetzt Angst und Schmerzen kennen, vergiss die Träume. Dafür ist keine Zeit mehr.«

»Qualle ...«

Die letzte und wichtigste Regel, um erfolgreich ein Solo zu spielen, ist: Lass dir nicht in die Karten schauen, offenbare niemals deine wahren Absichten. Versprich jedem alles, täusche Freundschaft und Vertrauen vor, wiege ihn in Sicherheit, mach ihm Hoffnungen und halte ihn hin ... bis die Maske fällt und du ihn mit einem Lächeln vernichten kannst.

»Qualle ... mein treuer Freund ...«

»Treu bis in den Tod, mein Freund.«

Mal sehen, wie er sich noch schlägt. Der Wetterbericht hat Regen vorausgesagt, vereinzelt sogar Sturzfluten.

Bevor ich mir nasse Füße hole, mache ich mich mit der Fackel in der einen Hand und dem Plan in der anderen auf den Weg zu Barbara, meinem sehnsüchtigen, kleinen Kolibri, der so gerne wieder einmal barfüßig am Strand laufen möchte.

Staub rieselt von der Decke, mir direkt ins Gesicht. Ich blinzle und reibe mir unbedacht die Augen. Kurz darauf fühle ich Schmerz an meinen Fingern, höre ein Knistern.

»Nicht ... nein ...«

Zu spät. Der Plan, die Karte Agostinos, mein einziger, sicherer Kompass hier raus, verglimmt zu Asche. Von nun an bin ich auf mich gestellt, auf meine Erinnerung und mein Gespür. Ein falscher Schritt, eine falsche Abzweigung oder Entscheidung und ich ...

Anders Möhl

Voll die Weinprinzessin

Also, ich fange mal mit der Geschichte so an, wie ich sie erlebt habe. Weil in der Zeitung stehn die Sachen ja oft so drin, wie sie gar nicht waren. Das können die von der Zeitung ja auch gar nicht wissen, wie's wirklich war, weil mein Alter hat dem Reporter gar nicht erlaubt, allein mit mir zu reden. Der schreibt nämlich immer über den Gemeinderat. Und über den Gesangsverein. Und so Sachen mit der Kirche und so. Mein Vater ist aber in der Kirche und im Gesangsverein und kennt den Bürgermeister gut, wegen dem Stammtisch, und deswegen hat er gewusst, dass der Herr Reporter bloß schreibt, was er will, und nicht, wie es wirklich war. Und manchmal schreibt er auch, wie der Bürgermeister es ihm sagt. Und das ist eigentlich ganz gut, sonst heißt es nachher ja wieder Lügenpresse und die schreiben was sie wollen und nicht, wie der Bürgermeister alles sieht. Und das ist grade im Wahlkampf wichtig. Mein Alter hat mir auf jeden Fall gesagt, dass der Bürgermeister mit dabei sein muss, wenn ich mit der Zeitung rede. Weil Bürgermeisterwahl. Mein Alter und er sind alte Kumpels von der Schule her, und die helfen sich voll.

Nun, es war so, und das ist eigentlich der Anfang der Geschichte, dass ich gehört habe, dass Roland sich mal wieder verliebt hat. In Susanna, diese Schlampe. Er hätte mich haben können. Eigentlich hätte er jede haben können hier im Kaff. Aber die Susanna? Aus Kleinlangheim? Ich bitte euch.

Ich bin echt nicht neidisch, auch *meine* Eltern haben eine kleine Weinparzelle direkt am Großlangheimer Kiliansberg. Papa sagt immer, er hätte den halben Berg haben können, aber das wäre ihm eh zuviel. Damals, nach dem Krieg, haben sie Opa abgelinkt, wegen der Gefangenschaft und irgend so einer Parteimitgliedschaft, eigentlich wäre der ganze Berg in Familienbesitz. Aber er hat keinen Bock gehabt, darum zu streiten. Es war ihm total egal. Er wusste ja, dass der Berg eigentlich ihm gehört. Cooler Typ, der Opa.

Klar, unsere Parzelle ist keine super Lage, da haben die anderen geilere, aber unser Wein ist gut und einfach, es reicht für uns, wie mein Alter immer sagt. Wir sind einfache Leute. Auch das sind die Worte von meinem Dad. Unser Wein ist ehrlich. Ehrlicher Wein für ehrliche Leute. Nicht wie der von Susannas Familie. Weinprinzessin Susanna die Erste von Kleinlangheim! Dass ich nicht lache. Die Letzte ist sie! Allein schon der Name. Susanne reichte denen nicht. Es musste schon eine Susanna sein. In der Schule war sie noch die Susie. Schon damals hat sie mit jedem rumgemacht. Auch mit Roland, dann mit Steff, dann wieder Roland, Martin, Olli und sogar mit Schlaui, der so heißt, obwohl er dumm wie Brot ist.

Na ja, Großlangheim ist eben Großlangheim. Und die Kleinlangheimer bilden sich was drauf ein, dass ihr Kaff größer ist als unseres. Dabei haben wir das Schloss. Oder hatten es zumindest. Es war halt ein wenig baufällig, hat Opa gesagt. Das war aber schon vor seiner Zeit. Und die Kleinlangheimer haben damals die Steine geklaut, um damit ihre Schweineställe zu bauen. Hat Opa gesagt. Der ist damals mit den anderen Burschen spätnachts während dem Weinfest rüber, um die Kleinlangheimer Kirchenburg anzuzünden. Aus Rache für die geklauten Steine von der Schlossruine. Hat aber nicht geklappt. Sie waren zu besoffen, hat Opa gesagt. Aber sie haben es immerhin versucht. Voll krass, der Opa.

Das habe ich dem Alfons aus meiner Klasse erzählt. Der fand das toll. Der hatte dann auch die Idee, das Ding endlich niederzubrennen, dem Opa sein Werk zu vollenden sozusagen. Das war auf der Kerm. Eigentlich während der Kerwapredigt, da haben wir uns nämlich weggeschlichen und heimlich geraucht.

Jedenfalls wollten wir es diesmal richtig machen. Weil, was mein Opa gemacht hat, das schaffen wir auch. Das heißt, was er versucht hat. Na ja. Aber das war im Oktober. Bis zum Weinfest im Juli hatte ich das eigentlich schon vergessen. War ja fast ein Jahr her.

Nur der Alfons, der hat es nicht vergessen. Ich glaube, er steht auf mich. Aber ich bin eigentlich nur sauer wegen dem Roland, weil der Roland und die Susanna ..., aber das habe ich ja schon erzählt.

Jedenfalls war ich dabei, schon um der Susanna eins auszuwischen. Erstens wegen dem Roland, und zweitens, wenn die auch nur noch eine Ruine haben, dann können die nicht mehr so angeben. Und ich so: eine Prinzessin ohne Burg ist halt keine Prinzessin. Und wir werden es viel geiler machen. Wir werden halt nicht so viel saufen wie Opa und seine Freunde damals.

Auf jeden Fall wäre Opa super stolz auf mich. Wenn der noch leben tät, wär er bestimmt mit. Wegen der Ehre von Großlangheim. Er war ja sogar im Krieg gewesen. Jeder Schuss ein Russ, jeder Stoß ein Franzos, hat er immer gesagt. Und dass die Franzmänner Frösche essen. Das musst du dir vorstellen. Ich weiß ja nicht, was an Fröschen so toll sein soll. Wir haben mal welche aufgeblasen. Nein, Kröten eigentlich. Aber nicht, wie man sich das so vorstellt, mit den Lippen auf dem Maul von den Ekelteilen. So froschkönigsmäßig. Nee, wir haben diesen Drecksviechern ne Kippe ins

Maul gesteckt und dann haben die Kröten wie verrückt geatmet, bis sie geplatzt sind. Das war voll der Hammer. Ich könnte so was niemals essen.

Also, wie wir den Plan gefasst haben, den Kleinlangheimern die Kirchenburg abzufackeln, war ich ganz schön stolz. Und dann war das auch noch sechzig oder siebzig Jahre her gewesen, als Opa und die Dorfburschen das versucht haben. Voll das Jubiläum halt. Alfons ist echt nicht so blöd, wie ich immer dachte. Der hat nämlich in Rechnen immerhin eine Drei. Fast ne Zwei minus, hat er gesagt, aber die Lehrerin mag ihn nicht so besonders, und er sie auch nicht. Aber in Deutsch und Reli hat er eine Fünf, und deswegen kriegt er den Quali nicht. Jetzt hat er echt ein Problem, weil er eh ein Jahr zu spät eingeschult wurde und dann noch zweimal sitzengeblieben ist. Der Roland ist aber auch ein wenig dumm, obwohl er in der Schule viel besser war als der Alfons. Er geht jetzt auf die Berufsfachschule in Bad Kissingen. Irgendwas mit Altenpflege. Eigentlich wollte er nach Kitzingen, aber er hat sich im Internet vertippt und sich an der falschen Schule beworben. Dabei hat er den Quali mit 1,5 gemacht. So richtig helfen tut das also nicht. Aber total süß ist er trotzdem.

Na ja, also ihr kennt ja das Weinfest in Großlangheim, das ist echt voll der Hammer. Weil, das findet auf der Ruine von unserem Schloss statt, mit Wasser davor, also eher ne Art Wasserschloss. Aber nicht ganz, denn auf einer Seite, mit der Brücke zum Dorf, ist der alte Schlossgraben. Der führt natürlich kein Wasser, sonst könnten wir da ja nicht immer rumhängen. Unter der Brücke geht's immer voll ab. Nebenan ist der Spielplatz, wo wir uns früher immer zum Rauchen getroffen haben und geschaukelt und die Großen beobachtet. Aber unter der Brücke: die Älteren. Na, das könnt ihr euch ja denken. Ich sag nicht viel, aber saufen und kiffen und knutschen, hallo! Und jetzt gehöre ich auch dazu, stellt euch das mal vor. Wie geil ist das denn. Bis auf das Kiffen. Da muss ich immer kotzen.

Aber dann, zum Weinfest, waren wir also unter der Brücke. Da musst du voll aufpassen, dass du dich nicht auf alte Pariser setzt. Aber Alfons war total vornehm und legte seine Lederjacke da hin, und wir beide setzten uns drauf, da kann nichts passieren. Und es war voll gruselig, weil auf dem Steg über uns waren die ganzen Erwachsenen und die Touristen, und man hörte sie poltern und singen, und dann hat jemand von der Brücke gekotzt, und ich habe ein paar Spritzer abgekriegt. Der Alfons, voll aufmerksam, hat das mit einem Lappen weggewischt. Das hat nur etwas komisch gerochen, wegen dem Benzin.

Alfons hatte nämlich vom Mofa von seinem Vater Benzin abgezapft, das gehörte zum Plan. Drei Flaschen voll. Nicht in die Bocksbeutel, weil da gar kein ganzer Liter reinpasst, sondern in große Bierflaschen, die er mal aus Nürnberg mitgebracht hat. Das muss man sich mal vorstellen: Bierflaschen mit Schnappverschluss, ein Liter! Wie kann man von dem Gesöff nur so viel trinken?

Mein Alter sagt immer so: Solange ich lebe, kommt mir kein Bier ins Haus. Aber Alfons' Papa ist Hilfsarbeiter in Schwarzach im Lager von irgend so nem Laden mit Klamotten, deshalb hat Alfons immer voll die geilen Klamotten. Sein Vater nimmt die einfach so mit, als Bezahlung, sagt er. Ich kann mir so ne Jacke nicht leisten. Und meine Mama will auch nicht, dass ich so was anziehe. Das tragen nur Rocker und Nutten, sagt sie, aber Alfons ist eher so punkmäßig drauf. Darum hat er auch mit weißem Lackmalstift Killing Joke, Sex Pistols und Dead Kennedys draufgeschrieben.

Auf jeden Fall war es plötzlich voll romantisch zwischen uns, und ich hatte von meinem Alten zwei Flaschen Wein aus dem Keller genommen. Das darf er nicht wissen, allzu viel gibt ja unser Weinberg nicht her. Es reicht gerade so für uns daheim, und wenn Nachbarn kommen, kriegen die nur Wein vom Aldi, den Papa in unsere Flaschen umfüllt. Aber das merken die nicht und loben ihn immer für den geilen Wein. Ich finde das superschlau von dem Alten und mache das auch immer so, dass ich die Flaschen nachfülle, wenn ich mir bei ihm Wein ausleihe. Ehrlich gesagt weiß ich gar nicht, ob der Wein, den ich dabeihatte, wirklich von Papa oder von Aldi war. Denn inzwischen mache ich das schon ganz schön oft. Aber egal, er schmeckt. Einfach und ehrlich eben, wie mein Alter immer sagt.

Jedenfalls saßen wir unter der Brücke und tranken Wein, aber nicht aus der Flasche, denn Alfons hat extra Plastikbecher besorgt. Voll vornehm. Ich weiß nicht, ob ich es schon gesagt habe, aber unter der Brücke ist auch der Treffpunkt der Kiffer. Ich finde das eigentlich doof, denn vom Spielplatz aus kann man ziemlich gut sehen, wenn jemand kifft. Es ist halt etwas gefährlich, denn so richtig legal ist es irgendwie nicht. Da gibt's jedenfalls bessere Plätze. Aber die verrate ich nicht. Also ich voll nervös, als Alfons einen Joint aus seiner Lederjacke rauspulte, was super kompliziert war, weil wir ja darauf saßen. Außerdem hatte ich total Schiss, weil ich vorher nur ganz arg selten gekifft habe. Ich vertrage es nicht so wirklich gut. Irgendwie ist es geil und trotzdem scheiße. Also Tabletten einwerfen schon. Und so Zeugs. Da werde ich meistens total fickerig davon. Aber wahrscheinlich ist Kiffen eh was für die Alten, so ne Hippiescheiße eben.

Der Alfons – habe ich gesagt, dass ich ihn Alf nennen soll? Weil wir ja jetzt so ne Art Komplizen sind. Und Buddies. Also, Alfons oder eben Alf hatte die supercoole Idee, dass wir einfach ne Zigarette rauchen, als Tarnung, und den Joint abwechselnd, so ganz unauffällig, dazwischen. Er ist echt total Hammer. Ich sag immer, wenn Menschen wie Alf nicht studieren dürfen, dann die anderen Spacken mit ihrem Abitur erst recht nicht. Jedenfalls saßen wir da und rauchten und kifften und soffen abwechselnd, und es war voll geil. Wenn mein Dad jetzt käme, dann Ende und aus. Aber meine Alten saßen oben beim Weinfest mit dem Bürgermeister und ich hier unten mit Alf. Dachte ich zumindest. Denn dann, voll krass, der Joint war grad aus, stand plötzlich mein Dad neben uns.

Unter der Brücke wird nämlich nicht nur gekifft. Weil wegen dem Weinfest haben die so blaue Scheißhäuser aus Plastik hingestellt. Und da ist immer voll der Stau. Also wird überall hingepisst. Und dann halt die Knete. Fünfzig Cent. Überleg doch mal, wie viel Schoppen du da am Abend ausschiffst. Mein Alter: fünf mal pissen, ein halber Schoppen Wein. Auf jeden Fall ist mein Alter plötzlich da und die Hose offen. Voll der Schock. Ich meine, ich weiß, wie so ein Pimmel ausschaut, aber hey, vom eigenen Vater? Krasse Nummer.

Auf jeden Fall war mein Vater auch so voll was geht ab. Aber er hat superschnell reagiert und in die andere Richtung gepisst. Da haben die Kids auf dem Spielplatz aber geschaut! Als er fertig war, wischte er sich die Hände an seiner Hose trocken und drehte sich zu uns. Alf hat krass reagiert und die Weinflaschen und die Benzinflaschen unter der Lederjacke versteckt, solange mein Alter die Kinder bespaßt hat. So standen wir uns also gegenüber. Papa, Alf und ich. Und keiner sagte ein Wort. Voll peinlich. Doch dann lachte mein Dad und meinte: Meine feine Tochter hat einen

Freund. Und plötzlich hatte ich das Gefühl, Scheiße, der Alte hat recht.

Jedenfalls hat er gesagt, wir sollen uns nicht verstecken. Ich bin ja alt genug, und da hat er recht, weil ich werde ja bald sechzehn. Alf war das erst superpeinlich, doch dann sind wir mit Dad mit, und er hat uns einen Schoppen Wein ausgegeben. Einen zusammen, das müsst ihr euch vorstellen. Den mussten wir uns teilen. Aber es war schon cool, mit der ganzen Prominenz am Tisch und so. Nur Alf war voll daneben, weil unsere Flaschen plus Lederjacke unter der Brücke waren. Und wir halt oben bei den alten Kackern von der Dorfprominenz. Das hätten wir ja auch verdammt schlecht erklären können, zwei Flaschen von Dads Wein und drei Litern Benzingemisch auf dem Weinfest. Und ich komplett gaga, ich weiß aber nicht, ob vom Saufen oder Kiffen oder weil ich bisschen verliebt war.

Auf jeden Fall war es irgendwie krass, dass ich ganz offiziell mit Freund und Wein auf dem Fest war. Mama hat dann erzählt, dass ich was verpasst habe, nämlich den Besuch der Weinprinzessin von Kleinlangheim. Mama hat gesagt, dass ich die doch kennen würde. Von der Schule und so.

Aber Dad hat gesagt, dass die Prinzessin Susanna doch drei Jahre älter ist und ich mich bestimmt nicht erinnere. Da war mir die dumme Kuh aber so was von total egal, und ich kicherte bloß vor mich hin. Siehst du, was du dem Kind angetan hast, sagte meine Mutter zu meinem Alten, und ich musste noch mehr kichern, weil die voll geglaubt hat, das würde von dem bisschen Wein kommen. Und neben mir rutschte Alf krass nervös hin und her. Ich wollte ihn beruhigen und drückte ihm ein total heißes Bussi auf die Backe. Da hättet ihr aber die erstaunten Gesichter sehen sollen. Vom Bürgermeister, der neben Alf saß, von Mama und Papa und vor allem von Alf. Mama fragte auch gleich, magst du uns nicht vorstellen?

Aber der Bürgermeister sagte da schon, das ist doch der nichtsnutzige Sohn vom alten Bader. Der Alfons. Obacht geben. Erst mit der Susanna rumbusseln und jetzt mit der Tochter vom ...

Weiter kam der Bürgermeister nicht. Denn wie sich herausstellte, musste Susanna mal für kleine Weinprinzessinnen, und das tat sie unter der Brücke. Wahrscheinlich hat sie Alfs Lederjacke sofort erkannt weil weißer Lackmalstift. Und dann auch die Flaschen gefunden. Die mit dem Benzin. Bestimmt hat sie nach Dope gesucht. Jedenfalls hat die Kuh eine Bierflasche von uns geklaut, weil von dem Weingesaufe kriegst du ja Sodbrennen, und Bier hilft da total. Das mit dem Benzin hat die warscheinlich gar nicht gerafft, so besoffen, wie die war. Und dann halt, voll Prinzessin, knallte sie die Flasche megahart auf Alfs Schädel, und beide zerbrachen. Wäre schon schlimm genug gewesen. Aber der Bürgermeister halt so ne dicke Zigarre im Maul, echte Katastrophe. Die Explosion voll wie im Film. Krass der Feuerball. Für Alf war es egal, wie die Bullen später gesagt haben, Alf war schon vom Schlag auf den Schädel hinüber. Glas und Schädelknochen im Hirn. Das musst du dir mal vorstellen. Aber die Weinprinzessin hätte überlebt, und auch der Bürgermeister und ich wären nicht im Krankenhaus gelandet, wenn nicht das Benzin und die Zigarre und so. Und da muss ich schon sagen, dass ich total stolz auf den Herrn Bürgermeister bin und ihn immer wählen werde, denn er schnappte mich brennendes Stück Scheiße und hüpfte mit mir zu den Fröschen in den Schlossteich.

Die Geschichte ist jetzt ein halbes Jahr her. Das mit den Narben ist scheiße, aber zum Glück sind nur welche an meinen Titten wegen dem BH, weil der aus so nem Kunststoff war. Oben ohne, da steh ich eh nicht so drauf. Und vielleicht lasse ich auch einfach ein cooles Tattoo draufmachen. Mein Alter hat gesagt, er zahlt das, wegen schlechtem Gewissen und so. Wenn ich noch mehr rumflenne, zahlt er bestimmt auch eine Brustvergrößerung. Aber was wirklich krass ist, Roland hat mich im Krankenhaus besucht. Mit Blumen und so. 1a Rosen und eine Flasche Wein. Beides vom Aldi, hat er mir später verraten. Voll süß! Und das mit Bad Kissingen hat er in Ordnung gebracht. Und mit mir auch. Und Dead Kennedys sind voll die krasse Scheiße!

Horst Prosch

Heinz im Hasennestle

Ich mag keinen Honig. Mochte ich noch nie. Eine esoterisch angehauchte Freundin hat mal gesagt, das liege an meinem ersten Leben. Da sei ich eine Biene gewesen. Blödsinn. Es gibt keine Bienen, die 1,92 Meter groß sind.

Alles wäre nicht passiert, wenn Heinz nicht unbedingt die sieben Honigsorten hätte ausprobieren wollen, die es im *Landhaus zum Falken* in Tauberzell gibt. Er hat sich so gefreut, dass er mich mal wieder gesehen hat; richtig umarmt hat er mich, nicht nur ein bisschen wie es vielleicht angemessen gewesen wäre nach fast fünfundzwanzig Jahren, und gesagt, er fühle für mich noch genauso wie damals in der neunten Klasse. Noch so ein Blödsinn. Heinz hat nie etwas für mich gefühlt, das hätte ich mitbekommen.

Ich hätte einfach nicht hierherfahren sollen. Und eigentlich kam ich auch nicht aus freiem Willen, sondern ich bin in dieses Klassentreffen hineingeraten, genauso wie ich damals in diese Klasse hineingeraten bin, in der ich mich nie richtig aufgenommen fühlte. Deswegen hatte ich die Klasse zum Ende des Schuljahres auch wieder verlassen. Und aus noch anderen Gründen, aber die sind unwichtig.

Und nun sitze ich da, muss den Kopf einziehen und die Füße und überhaupt alles, weil es hier so eng ist, dass ich nicht mal die Beine richtig ausstrecken kann, und Heinz liegt da und rührt sich nicht mehr.

Eigentlich hätte es ein schöner Abend werden sollen, so ein richtig schöner Tagesausklang. Die anderen früheren Klassenkameraden hatten mich tatsächlich noch erkannt. »Ist das nicht *CC*?«, hatten sie durch den Frühstücksraum gerufen, nachdem ich mit Verspätung hier aufgetaucht war. So nannten mich fast alle in der Klasse: *CC*. Eine interne Abkürzung meines Namens Cordula Claus, die ich seitdem nie wieder loswurde. Überhaupt gab es in dieser seltsamen Klasse nur Spitznamen. Heinz Hauenstein zum Bespiel, der nun leider unbeweglich vor mir liegt, wurde Haui genannt, nicht nur wegen seines Namens. Die Haue von Haui bekam vor allem der Matthias Brendle. Das hatte sich in der Klasse so eingebürgert, dass Brendle der Watschenbaum war, der sich immer dann eine einfing, wenn es dem Hauenstein gerade in den Kram passte.

Ich hatte mich schon damals gefragt, warum sich der Brendle nicht gewehrt hat. Am liebsten hätte ich für den armen Kerl Partei ergriffen, aber wie hätte das ausgesehen? Da wären gleich die wildesten Gerüchte aufgetaucht, das musste nicht sein. Möglich wäre es ja gewesen, ich hätte den Hauenstein richtig zusammenfalten können. Ich war so groß, dass ich gerade noch durch die Tür ins Klassenzimmer kam. Aber mir hat man beim Taekwondo beigebracht, dass ich meine Kenntnisse und Kampftechniken nur beim Sport einsetzen darf. Hauenstein war kein Sport. Der wäre für mich wie das Zerdrücken einer Fliege gewesen. Chancenlos. Ich hätte nur ein einziges Mal mit meinem gestreckten Bein an seinen Kopf treten müssen. Das hätte schon damals zu einer Strafanzeige wegen schwerer Körperverletzung geführt.

Linda hat mich eingeladen, die frühere Klassensprecherin. Ich müsse unbedingt kommen, hat sie mir geschrieben, mich dann angerufen und in den schönsten Farben geschildert, wie toll es hier im Frankenland sei. Im Taubertal. Im westlichsten Zipfel des Landkreises Ansbach, der auf diese Weise noch ein paar Weinberge abbekommen hat.

»Hast du noch nie etwas vom Hasennestle gehört?«

»Nein. Habe ich nicht.«

»Wie jetzt? Das ist nicht dein Ernst!«

Die Stimme von Linda am Telefon hatte erstaunt geklungen, als wüsste die ganze Welt von diesem besonderen Flecken Erde.

Dann hatte Linda mich aufgeklärt. Über die besondere Lage der Pflanzungen an den Nordhängen des Taubertals, sogar in Sichtweite zu Rothenburg ob der Tauber. Die Reben könnten jeden Morgen den Sonnenaufgang über der alten Stadt genießen, die Türme zählen, und gleichzeitig mit den Wurzeln in der Tauber baden.

Nein, das konnten sie nicht.

»Brendle kommt übrigens auch.«

Stille. Ich hörte in mich hinein, ob sich bei diesem Namen noch etwas rührte. Ja, da war noch was. Sogar ziemlich viel.

»Brendle?«

Vielleicht hatte ich zu interessiert gefragt, vielleicht schwang auch ein kleines bisschen Freude in meiner Stimme mit. Mein Gott, der Brendle, der arme Kerl.

»Der ist jetzt übrigens Kriminalkommissar in Ansbach«, hatte Linda noch ergänzt.

Ich spürte, wie in 1,50 Metern Höhe, also dort, wo ungefähr mein Herz war, etwas zu klopfen begann. Erst langsam, dann heftiger, und dann schossen kleine Lichter durch meinen Kopf, die mich an eine Schulparty vor über fünfundzwanzig Jahren erinnerten.

»Du kommst also?«

Ich nickte. Linda musste meine wortlose Zustimmung durchs Telefon mitbekommen haben. Dieses verräterische Schweigen, das meine Freude unterdrücken sollte.

»Wusste ich es doch!« Das hinterhältige Grinsen in der Stimme von Linda war nicht zu überhören.

Dann kam ich also. Ich habe mich in mein Cabrio gesetzt, die Beine unter dem Lenkrad sortiert, den Sitz ganz nach hinten gestellt, wie ich es immer zu tun pflege, habe bei Sonnenaufgang den Motor gestartet und bin ein paar Hundert Kilometer ins Taubertal gefahren, um rechtzeitig zum Frühstück da zu sein. Verspätung hatte ich trotzdem, aber das spielte keine Rolle. Sie haben sich alle sehr gefreut, nur der Brendle war wie immer zurückhaltend.

So bin ich nun beim Klassentreffen, und der Hauenstein macht noch immer keinen Mucks.

Soll ich nach draußen gehen und um Hilfe rufen? Wer weiß, ob mich jemand hört, es ist mitten in der Nacht. Oder doch nicht? Bricht bereits der Morgen an? Durch die Vorhänge dringt ein lichter Schein, aber vielleicht sind das auch die Straßenlaternen oder die Hofbeleuchtung vom nächstgelegenen Haus, ich weiß es nicht.

Tauberzell ist so ein winziger, kuscheliger Ort. Kaum läufst du an der einen Ecke los, bist du auch schon fast wieder am anderen Ende angekommen. So zumindest erschien es mir, als der Wirt vom *Landhaus zum Falken,* in dem wir alle untergebracht sind, mit uns am Nachmittag eine kleine Führung durch den Ort und die Weinberge machte. Er zeigte uns seine Bienenstöcke zwischen den Obstbäumen an den steilen Streuobsthängen, in denen ein Teil der sieben Honigsorten produziert wurde, führte uns zu seinem eigenen Weinberg, der gleich in der Nähe des Weinlehrpfades lag, schwärmte vom wirklich bezaubernden Taubertal und dessen klimatischen Bedingungen für den Weinanbau im westlichsten Zipfel des Landkreises Ansbach, und wir trotteten alle hinter ihm her. Ich weiß nicht, wer wirklich zuhörte. Meist hörte ich die früheren Klassenkameraden nur miteinander reden, wenn sie sich Ereignisse zuflüsterten, dann wieder kicherten, dann wieder für einen Moment still waren, weil der Wirt um Ruhe gebeten hatte, und dass wir doch bitte seinen Ausführungen lauschen wollten, er würde das nämlich nur für uns machen, für seine speziellen Gäste.

Wie das geklungen hatte. Spezielle Gäste.

Ein Haufen gealterter Rabauken. Der Pubertät entflohene Schönheitsköniginnen. Von den Partnern verlassene Eheleute; Väter, die die Unterhaltszahlungen für ihre Kinder verweigerten; Frauen, die sich einmal selbstständig gemacht und dann pleitegegangen waren; eine Krankenschwester in Dauernachtschicht, aber mit einem liebenswerten Sohn aus erster Ehe. Jemand mit Doktortitel, irgendwas in Philosophie und Germanistik. Schließlich noch der Versicherungsvertreter, der es sogar auf der Führung durch die Weinberge nicht lassen konnte, seinem ehemals besten Kumpel unnötige Versicherungspolicen gegen Haarausfall und vorzeitige Glatzenbildung anzudrehen. So zumindest hörte es sich an.

Die alte Mädchengruppe begeisterte sich noch immer für ihre divenhafte Anführerin und lauschte ihren Erzählungen. Wie viele Männer sie gehabt habe. Und warum sie gegen die Ehe sei. Und warum sie damals nach dem Schulabschluss erst mal ins Ausland gegangen sei. Sie hatte die ganze Welt gesehen und war nun Abteilungsleiterin in einem Büro für die Eintreibung von Forderungen. Inkasso. Säumige Zahler. Vergammelte Wohnungen. Aber auch reiche Schnösel, die keine Lust hatten, die Leasingraten für ihren Porsche zu bezahlen. Wenn ihr wisst, was ich meine.

Ich trottete die ganze Zeit hinterher. Das hatte ich schon immer gerne gemacht. Mich etwas abseits aufhalten und beobachten. So bewahrte ich den Überblick und konnte auf all das, was sich vor mir abspielte, entsprechend reagieren. Meine Größe war dabei von Vorteil. Und wenn der Wind günstig stand, bekam ich all die Wortfetzen mit, die ich sonst nicht einmal hinter vorgehaltener Hand erfahren hätte.

»Was will *die* denn bei uns?«

»Die sieht ja noch immer so aus wie eine Bohnenstange.«

»Hat die jetzt eigentlich bei den Olympischen Spielen im Hochsprung mitgemacht?«

»Lass sie in Ruhe. Die ist schon in Ordnung.«

Nur Hauenstein drückte sich gelegentlich in meiner Nähe herum. Als würde er was von mir wollen.

»Ich habe mein Zimmer übrigens im Hasennestle«, raunte er mir einmal zu. »Das steht im Hof und ist ein Schlaffass.«

»Ach ...?«

Ich wollte uninteressiert klingen, es gelang wohl nicht ganz. Er deutete es als Aufforderung, mir seinen Zweitschlüssel anzubieten. Falls mit meinem Zimmer etwas nicht in Ordnung wäre. Für alle Fälle. Es sei richtig gemütlich in dem Fass. Mit einer Anpflanzung von Weinreben davor. Wie im Weinberg. Nur nicht so weit oben. Und es gebe sogar eine Heizung, falls es nachts kühler werden sollte. Und eine Dusche und ein WC nur für das Schlaffass. Allerdings müsste man dazu ein paar Meter über den Hof laufen. Ob ich vielleicht für eine Nacht, weil doch gerade Klassentreffen war, noch dazu ein Vierteljahrhundert, und man etwas zu feiern habe ... Ich lehnte ab. Stattdessen hielt ich nach Brendle Ausschau, dem Kommissar.

Ob er sich von Haui immer noch seine tägliche Watschn abholen musste? Hatte Haui es möglicherweise schon wieder versucht?

Der Kommissar lief ganz vorne neben dem Wirt vom *Landhaus zum Falken* und zeigte an allem Interesse. Vielleicht als Einziger. Er ließ sich die Rebsorten erklären und die Beschaffenheit des Bodens, außerdem das *Oppidum Finsterlohr,* einen Keltenwall; er hörte aufmerksam zu, als auf eine besondere Ecke im Weinberg hingewiesen wurde, wo Hochzeiten unter freiem Himmel abgehalten werden konnten. Manchmal nahm er eine große Spiegelreflexkamera von der Schulter und machte Fotos. Suchte eine besondere Sichtweise für sein Motiv, kniete sich auch mal hin oder ging in die Hocke.

Dass der so ein großes Ding mit sich herumschleppte?

Brauchte er wohl, als Kommissar.

Damit konnte er Details besser ablichten.

Zum Beispiel jene, die Heinz im Hasennestle nun aufwies.

Die Würgemale an seinem Hals sind deutlich zu sehen.

Blöde Sache.

Ob ich den noch wiederbeleben könnte, wenn ich es wollte?

Ich weiß noch, wie Matthias, also der jetzige Kommissar, einmal nach einem Schlag vom Haui ausgerastet ist. Der brave Schüler Brendle.

Das hatte ich ihm nicht zugetraut. Der war immer so ein stiller, besonnener, zurückhaltender Typ gewesen und jedem Streit aus dem Weg gegangen, sofern es möglich war. Er war einen ganzen Kopf kleiner als ich, irgendwie sportlich und drahtig, aber gewehrt hat er sich gegen den Hauenstein nie. Bis auf einmal.

Es war kurz vor der Englischstunde, fast am Ende des Schuljahres. Da hatte ihm der Haui mal wieder eine verpasst, als er auf seinem Stuhl in der ersten Reihe vor dem

Tisch saß. So plötzlich von hinten, dass Brendle ihn nicht kommen sah, im Vorbeigehen.

»Wenn du das noch einmal machst«, hat Brendle ganz ruhig und sachlich und relativ leise gesagt, als würde er es nur zu sich selbst sagen, »dann passiert was.«

Hauenstein hat nur gelacht, ist zurück zu seinem Platz ganz hinten an der Wand gegangen und hat dann seine Runde gedreht, wieder am Tisch von Brendle vorbei, und von hinten zugeschlagen. Und wieder auf den Hinterkopf.

Matthias ist aufgestanden und mit einem einzigen Satz über den Tisch gesprungen. Er hat Hauenstein von hinten an der Schulter gepackt, herumgedreht, als wäre dies die einfachste Sache überhaupt, und am Hemd gepackt. Das Hemd riss auf, zwei Knöpfe sprangen ab; die rechte Faust von Brendle schnellte vor und verfehlte den Kopf von Hauenstein nur um Millimeter, weil er sich instinktiv zur Seite drehte.

Dann war auch schon wieder Schluss. Die Englischlehrerin kam durch die Tür, und Haui meinte, er habe gar nicht gewusst, dass Matthias so aggressiv sein könne.

Ab diesem Moment war eine Weile Ruhe. Zumindest bis zum Ende des Schuljahres. Ich verließ die Klasse und bekam die weitere Entwicklung zwischen Brendle und Hauenstein nicht mit.

Ich war stolz gewesen auf Brendle. So richtig stolz auf meinen Matze. Aber das sagte ich ihm nie.

Wenn ich Hauenstein wiederbeleben will, was muss ich dann tun? Zuerst die Mund-zu-Mund-Beatmung machen, dann den Brustkorb drücken, oder umgekehrt, vielleicht sogar abwechselnd?

Mich hält der Honig im Mund von Hauenstein davon ab. Der klebt schrecklich. Aber er wollte es ja unbedingt so. Löffel für Löffel. Obwohl ich ihm sagte, die fünf Viertel Tauberzeller Hasennestle, halbtrocken, den Gaumen kitzelnd mit einer Note Pfirsich und einer Spur Zimt, dazu die drei Klaren und zuvor die Bratwürste mit Sauerkraut zum Abendessen, würden vielleicht nicht unbedingt zum Honig passen und eine seltsame Mischung ergeben. Außerdem solle er die vielen Salzletten und Erdnüsse nicht vergessen, mit denen ich ihn zwischendurch füttern musste.

»Stört mich nicht«, hat Hauenstein mit leicht lallender Zunge gemeint.

Und dann erinnerte ich mich daran, dass Haui und Brendle vor ein paar Stunden nebeneinander an der Bar gestanden hatten. Nicht lange, nur einen kurzen Moment. Fast wie alte Kumpels, ganz friedlich. Ich war zwei Meter weiter an einem Tisch gesessen und hatte sie beobachtet. Begutachtet. Es war ein schönes Bild. Herabhängende Männerschultern nebeneinander. Die Hände an einem Glas auf der Theke. Absolut beruhigend. Bis plötzlich die linke Hand von Hauenstein hinter dem Rücken von Brendle erschien und leicht seinen Hinterkopf berührte. Nicht stark, aber immerhin so, dass Brendle nicken musste.

Hauenstein grinste. »Weißt du noch, in der Schule?«

Ich war gespannt, wie Brendle reagieren würde.

»Pass bloß auf«, sagte Brendle. Mein Matze.

Vielleicht war dieser Moment der Punkt, der alles ins Rollen brachte.

Ich werde keine Mund-zu-Mund-Beatmung bei Hauenstein machen. Habe ich gerade beschlossen. Vielleicht passen stattdessen noch ein paar Löffel Honig in seinen Mund. Zur Sicherheit. Wenn er schon tot ist, dann aber richtig. Ich möchte schließlich was von meiner Verhaftung haben.

Bevor ich damals die Klasse verließ, gab es noch diese Schulparty. Die Aula war voll. Die Boxen dröhnten, der Boden vibrierte, und die Bässe brachten die Herzen aus dem Takt. Ich schnappte mir Matze und schleppte ihn auf die Tanzfläche. Gegen meine langen Arme und mein Lächeln hatte er keine Chance. Wir warfen unsere Arme und Beine durch die Gegend, ließen die Köpfe rotieren, während Deep Purple vom Rauch über dem Wasser sangen. Dann legte der DJ *Hotel California* von den Eagles auf, und bevor Brendle flüchten konnte, legte ich ihn in meine Arme, schlang mich um ihn herum und ließ ihn nicht mehr los. Don Felder zupfte auf seiner Gitarre herum, dieses unwiderstehliche Intro, bei dessen Melodie ich schon damals beinahe den Verstand verlor und immer alles an mich drücken musste, was gerade in meiner Nähe war. In meinem Zimmer war es mein Kuschelhase, im Wald ein mächtiger Baum, auf der Wiese ein herausgerissenes Grasbüschel.

Dass Brendle in diesem Moment zur Verfügung stand, war ein doppelter Glücksfall für mich. Für ihn eher nicht. Der arme Kerl.

Wenn ich jetzt daran denke, wird mir klar, dass ich ihn wohl überfordert habe. Vielleicht lag es an der Kraft in meinen Taekwondo-gestählten Armen, vielleicht auch an meinen kaum vorhandenen weiblichen Rundungen; er blieb stocksteif. Ich drehte mit ihm meine Runden, drückte ihn an mich, als wäre er in diesem Moment ein Teil von mir geworden, und dieses Erlebnis brannte sich für immer in mein Herz. Einmal trat er mir auf den Fuß. Dann versuchte er, sich aus meinem Klammergriff um seinen Rücken herum zu lösen, was ihm aber nicht gelang. Sein Kopf ruhte unterhalb meines Kinns, gleich in der Nähe meiner winzigen Brust, und so spürte ich, wie sein Herz heftig klopfte.

Es rumorte richtig, und ich dachte, das ist wegen mir. Nur wegen mir. *Er war mein Matze. Ganze sechs Minuten und einunddreißig Sekunden lang.*

»Hast du noch einen Kuss für mich?«

Ich flüsterte die Frage in sein Ohr, raunte sie dort hinein, nachdem der letzte Ton des Gitarrensolos verklungen war und der DJ längst Queen aufgelegt hatte. Und während die anderen sich alle hinknieten oder in die Hocke gingen und mit den Händen zu *We will rock you* auf den armen Fußboden der Aula einschlugen, standen wir noch immer aufrecht mittendrin, und ich wartete und wartete und wartete.

Ich beugte mich zu ihm hinunter, um es für ihn einfacher zu machen, drehte meinen Kopf leicht schief, schloss die Augen, spitzte die Lippen in Erwartung seiner zärtlichen Berührung und spürte nach einer kleinen Ewigkeit, in der ich schon dachte, es passiert überhaupt nichts mehr, etwas Feuchtes und Warmes an meinem Hals. Es war eine flüchtige Berührung, fast wie ein milder Windhauch, der an einem warmen Sommerabend über die Wiese streicht. Dann befreite sich Matze mühsam aus meinen Armen und lief zwischen den am Boden knienden Schülern hindurch in eine dunkle Ecke der Aula; ich sah ihn den ganzen Abend nicht mehr.

Eigentlich hätte ich ihn verfluchen oder zu Hackfleisch verarbeiten müssen. Doch ich verzieh ihm bereits in jener Sekunde und wusste schon damals, dass der Moment kommen würde, in dem alles nachgeholt werden konnte.

Ich weiß nicht, ob es sechs Minuten und einunddreißig Sekunden dauerte, bis ich Hauenstein endlich erwürgt hatte. Er wollte mit Honig gefüttert werden, aus irgendeiner Ecke hatte er gleich fünf unterschiedliche Honiggläser gezaubert, auch einen Löffel, und ich musste ihn versorgen.

Einen Löffel für Papi, einen für Mami, einen für die liebe Cordula. Dann einen für sich. So ein Spinner. Gegenüber Matze hatte er immer den starken Kerl gegeben. Als ich ihm einen Löffel für den Kommisssar Brendle geben soll-te, blieb es nicht bei diesem einen Löffel. Ich drückte ihn nach hinten aufs Bett und sagte, das müsse er nun beson-ders genießen. Seine Augen strahlten, der Mund öffnete sich. Ich setzte mich auf seinen Bauch, drückte meine Knie gegen seine Oberarme und löffelte den Honig in ihn hinein, schneller, als er schlucken konnte. Als er sich aufbäumte, stellte ich das Honigglas zur Seite und griff mit den Händen nach seinem Hals.

Wehrte er sich?

Irgendwie schon.

Er keuchte.

Wollte husten.

Die Augen traten aus ihren Höhlen.

Sein viel zu großer Bauch hatte keine Kraft, mich von sich zu stoßen, die Beine waren zu kurz, um mir gefährlich zu werden. Und dann kannte ich noch ein paar besondere Grif-fe und Schläge, Taekwondo vergisst man nicht so schnell.

Sechs Minuten und einunddreißig Sekunden.

Ich dachte an Matze und flüsterte.

Matze, der Haui haut dich nie mehr.

Weder von hinten, noch von vorne.

Und wenn wir uns sehen, musst du mir zuhören.

Aber richtig.

Dann war es vorbei.

Und nun ist es still. Hauenstein zuckt nicht mehr.

Vorsichtig löse ich mich von Heinz, krieche rückwärts von ihm herunter, stoße meinen Kopf an der für mich viel zu niedrigen Decke des Hasennestles und öffne die Tür.

Draußen vor dem Schlaffass ist es kalt. Ich setze mich auf eine Bank, gleich hinter der Pflanzung mit den Weinreben, ziehe die Ärmel meines Pullovers bis vor zu den Fingern und schlinge die Arme um meinen Körper. Mich fröstelt es plötzlich.

Irgendwo auf der Straße beschleunigt ein Wagen mit lautem Auspuff. Es dröhnt durch die Nacht, hallt durchs Taubertal, verklingt in der Ferne in Richtung Rothenburg ob der Tauber.

Soll ich den Notruf wählen?

Kommissar Brendle anrufen?

Bei *meinem Matze* an die Zimmertür klopfen?

Er wohnt gegenüber im Anbau, in einem Einzelzimmer unter dem Dach. Hinter seinem Fenster brennt Licht. Ich stelle mir vor, wie er nach meinen Händen greift, Handschellen hervorholt, sich das kalte Metall um meine Gelenke schließt, und er mir endlich ganz nahe ist.

Und wenn ich ihm gestehe, dass ich Hauenstein umbringen musste, damit er, der Matze, mir einmal richtig zuhört und erkennt, was ich brauche, wonach ich mich sehne und worauf ich all die Jahre gewartet habe, dann wird er wohl sprachlos sein. Ich werde die Augen schließen, die Lippen spitzen, den Kopf leicht schief legen, wie damals, und warten. Jetzt wird er mich verstehen. Bestimmt.

Susanne Reiche

Schatten im Nebel

MILTEN-BERG

Im schwindenden Licht des kühlen Novembertages werden die Schatten tiefer, und zwischen den silbrigen Stämmen der Buchen hängt der Nebel wie Mottengespinst – so dicht, als wäre er greifbar. Wir haben unser Nachtlager auf einer schmalen Lichtung abseits des Pfades aufgeschlagen und ein karges Mahl aus Brot und Speck verzehrt, jetzt halten wir fröstelnd die Hände über das glimmende Feuer.

»Ich hab den Nebel satt«, mault Petter, »ich bin nass bis auf die Haut.«

»Wir alle sind nass, sogar den Eseln tropft das Wasser von den Ohren«, brummt der alte Matthes und nickt zu den vier Grautieren hinüber, die mit müde hängenden Köpfen unter einer Hasel stehen. »Aber jammern höre ich nur dich ... Leg Holz nach, Niklas«, mahnt er mich, und ich schichte ein paar Scheite auf die Glut, moosfeuchte Knüppel, die zischen und qualmen.

Meine Begleiter tragen lederne Brustpanzer, kurze Schwerter und scharf geschliffene Dolche – mein Herr hat die beiden Söldner angeworben, um sein »Weißes Gold« von der Salzsiederei in Orb sicher über den Eselspfad nach Miltenberg am Main zu bringen. Bis auf ihr Handwerk haben die Halbbrüder wenig gemein: Petter mag Anfang zwanzig sein, Matthes hat schon graue Schläfen; und seit unserem Aufbruch vor drei Tagen waren sie nur selten einer Meinung. Trotz ihres steten Gezänks bin ich froh um ihr Geleit: In den dunklen Wäldern des Spessarts lauern gewissenlose Räuber, und manch ein grüner Eselsbursche wie ich hat hier schon sein Leben verloren, weil er den

Führstrick des Leittieres nicht rasch genug aus der Hand gegeben hat ...

Matthes hält Petter seinen Weinschlauch hin. »Trink einen Schluck – das ist ein Silvaner von unserem Weinberg, der hebt die Laune.«

Petter schnaubt, nimmt aber einen tiefen Zug.

»Ihr tragt eure Haut als Söldner zu Markte, obwohl ihr einen Weinberg besitzt?«, wundere ich mich. »Das muss ja ein karges Stückchen Land sein!«

»Zehn Morgen Südhang auf bestem Muschelkalk bei Randersacker kann man kaum ›ein karges Stückchen Land‹ nennen«, sagt Petter verdrossen. »Aber das Weingut gehört unserem Vater, der ein elender Geizhals ist und vom Teufel dafür mit einem langen Leben belohnt wird.«

»Unser Vater muss viele Mäuler stopfen«, wendet Matthes ein. »Er ernährt ein Weib, eine Schwiegermutter und fünf ledige Töchter; und Knechte und Mägde wollen auch versorgt sein. Da ist es wohl recht und billig, dass die beiden erwachsenen Söhne sich selbst durchbringen.« An mich gewandt fügt er an: »Petter interessiert am Weinbau ohnehin nur eins: dass man sich mit dem Erzeugnis einen Rausch antrinken kann ...« Ein Geräusch lässt ihn verstummen: Im nachtdunklen Unterholz jenseits der Lichtung zerbrechen dünne Äste und welkes Laub unter schweren Schritten.

Petter duckt sich hinter das Feuerholz und spricht aus, was ich nur denke: »Pest und Tod, was ist das? Ein Bär? Oder – ein Räuber?«

»Warum wird einer Söldner, der seinen eigenen Schatten fürchtet?«, erkundigt sich Matthes schmunzelnd.

»Dich alten Sack trifft es kaum zu früh, wenn einer dir den Schädel einschlägt«, faucht Petter. »Aber ich bin noch jung, ich hänge am Leben!«

Matthes steht kopfschüttelnd auf und zieht sein Schwert. »Sieh nach den Eseln, Niklas«, flüstert er mir zu, ehe er im düsteren Nebel verschwindet.

Ich gehe zu den Langohren hinüber, kraule ihre Hälse und rede ihnen gut zu – vertraute Besorgungen, die eher mein eigenes, laut schlagendes Herz beruhigen als die Esel, die keine Furcht erkennen lassen.

Nach einer Weile kommt der alte Söldner zurück und setzt sich wieder ans Feuer.

»Und?«, drängt Petter. »Was hast du gesehen?«

»Nur Schatten«, sagt Matthes. »Schatten im Nebel.«

*

Der Morgen ist klar, der Nebel zu glitzerndem Reif gefroren. Ich schüre das Feuer hoch und koche einen Kaffee aus geröstetem Gerstenmalz, dessen würziger Duft meine Begleiter weckt.

»Was für eine elende Kälte!«, murrt Petter und schüttelt Eiskristalle von seinem Umhang.

»Immerhin leben wir noch«, merkt Matthes an. »Was nicht dein Verdienst ist, Bruder – du hättest die zweite Wache halten sollen!«

Petter zuckt die Achseln.

Wir wärmen unsere klammen Finger an den Trinkbechern, als unversehens ein Mann auf die Lichtung tritt. Mir stockt vor Schreck der Atem, die Söldner fahren hoch.

»Ihr habt nichts zu befürchten«, beteuert der Fremde, auf dessen hageren Wangen dunkle Bartschatten liegen. Er überragt uns alle um einen Kopf. »Meine einzige Waffe ist das Wort Gottes, und mein einziger Schild ist Seine Gnade – ich bin Bruder Ruppert aus dem Franziskanerkloster Engelberg bei Großheubach.« Der Blick in seinen wasserhellen Augen huscht über die Esel, die Salzsäcke und die Waffen der beiden Söldner, ehe er an dem rußgeschwärzten Henkeltopf hängen bleibt, aus dem ein schmaler Faden Dampf in den Morgenhimmel steigt. »Ich habe euren Malzkaffee gerochen«, behauptet er und schlägt die Kapuze zurück. In seinem Haar klafft eine kreisrunde Lücke, die Tonsur eines Mönchs.

Matthes löst die Finger vom Griff seines Schwertes. »Vergebt uns das Misstrauen, Bruder Ruppert«, bittet er und lädt den Fremden mit einer Geste an unser Feuer.

Der Mönch teilt seine Wegzehrung mit uns – eine gebratene Hammelkeule und ein süffiges Bier, das, wie er sagt, seine Engelberger Klosterbrüder brauen –, und er plaudert leutselig über allerlei Geschäfte, die er in Weibersbrunn und Schlüchtern für sein Kloster ausgehandelt haben will; aber ich mag ihm trotz allem nicht recht trauen: Sein Blick scheint mir zu flink, zu berechnend für einen frommen Mann.

Petter spricht dem Klosterbier ordentlich zu. Als wir aufbrechen, beanspruchen seine schwankenden Schritte den Pfad in ganzer Breite, und immer wieder bleibt er stehen, um sein Wasser abzuschlagen. Ich halte mich hinter Matthes, treibe die Esel mit der Gerte an und blicke gelegentlich über die Schulter: Der Schwarze Mönch folgt uns wie ein Schatten.

»Ihr seid mutige Männer«, sagt er bei einer kurzen Mittagsrast.

Petter stiert betrunken auf seine Knie, Matthes zuckt die Achseln: »Uns Söldnern bringt es am Tag zwei Gulden ein, die Räuber fernzuhalten. Und der junge Niklas hier ist der Eselsknecht – mutig oder nicht, er hat keine Wahl.«

Bruder Ruppert hebt die Brauen, die wie ein Strich Tinte über seinen hellen Augen sitzen. »*Räuber?* Die sind freilich schlimm genug, aber ... Kann es sein, dass ihr nichts davon gehört habt?«

»Gehört? Wovon?«, fragt Matthes.

»Schon seit Mariä Himmelfahrt wütet ein viehischer Mörder auf dem Eselsweg nahe Miltenberg ... Immer wieder findet man eines seiner bedauernswerten Opfer mit aufgeschlitzter Kehle – Händler, Hausierer und arglose Reisende –, und mancher von ihnen hat noch einen Beutel Gold am Gürtel hängen. Diese Bestie treibt nicht die Gier, sondern blanke Mordlust!«

Petter hebt den Blick von seinen Knien, Matthes bekreuzigt sich: »Bei allen Heiligen, das haben wir nicht gewusst!«

»Dann tut es mir leid, davon gesprochen zu haben«, sagt Bruder Ruppert mit einer Miene frommen Bedauerns. »Ich wollte euch nicht beunruhigen.«

Beunruhigen. Als die Sonne sinkt und der unvermeidliche Nebel aus den Niederungen steigt, rumort nackte Angst in meinen Eingeweiden. Ich kann mir ausmalen, warum einer zum Räuber wird – aber wer, außer dem Teufel selbst, überfällt arglose Reisende, nur um sich an ihrem Sterben zu ergötzen?

In dieser Nacht tut keiner von uns ein Auge zu - allein Bruder Ruppert rollt sich in seinen Umhang und schlummert, bis der Morgen dämmert.

*

Nach dem Malzkaffee schnüren die Söldner ihre Bündel. Ich versorge die Esel und zurre die Salzsäcke auf ihren Rücken fest, als der Schwarze Mönch an meine Seite tritt.

»Das sind schöne Tiere«, sagt er und krault der Braven Els den Hals, »kräftig und trittsicher; und ihr Fell glänzt wie frisch gestriegelt.«

»Das mag daran liegen, dass es frisch gestriegelt ist«, gebe ich zurück und frage mich, was ihn das Fell der Esel schert. Die dunkle Kapuze verbirgt seine Augen, aber ich argwöhne, dass er insgeheim mit flinkem Blick die Salzsäcke zählt und sich ausrechnet, was sie wert sind.

»Du scheinst mir recht jung für die Verantwortung, die man dir aufgebürdet hat«, sagt er väterlich. »Wie alt bist du, Niklas? Vierzehn? Fünfzehn?«

»Alt genug, dass mein Herr mir zutraut, seine Esel zu führen«, fahre ich auf. »Und ich habe erfahrene Söldner zu meinem Schutz ...«

Der Mönch lächelt spöttisch. »Die Knochen des tapferen Matthes knirschen bei jedem Schritt, und Petter ist ein Trunkenbold – du solltest besser auf Gott vertrauen als auf diese beiden.«

Der steigenden Sonne fehlt an diesem Tag jede Kraft – der Nebel verharrt zwischen den Bäumen, trüb und bläulich schimmernd wie Milch. Wir sehen kaum den Pfad zu unseren Füßen und kommen nur langsam voran.

»Ich traue dem Mönch nicht«, flüstere ich Matthes bei Gelegenheit zu. »Seine Tonsur ist so glatt wie das Knie einer Jungfrau – das Wort Gottes schneidet wohl kaum so scharf! Er muss einen Dolch in seinen Stiefeln verbergen ... Was, wenn er der Spitzel einer Räuberbande ist, oder gar der teuflische Mörder selbst?«

Matthes klopft mir beruhigend auf die Schulter. »Denk nach, Niklas! Ohne Bruder Ruppert wüssten wir nichts von dem Mörder – warum sollte der Jäger seine Beute warnen?«

Ja, warum? *Um sie in Sicherheit zu wiegen und in aller Ruhe auszuspähen?*

Nach der Mittagsrast bewacht Matthes das Ende unserer kleinen Karawane – ich höre vom Nebel zerrissene Fetzen eines Gesprächs, das er mit Bruder Ruppert führt. Petter soll vorangehen, aber er schlurft hinter den Eseln her und beschwert sich über die Kälte, bis ich über die Schulter anmerke, dass ich für zwei Gulden von einem Martinstag bis zum nächsten schaffen muss. Danach höre ich nichts mehr, außer dem Rascheln des Laubs unter den Hufen der Grautiere.

An einer Weggabelung, über die ein verwitterter Meilenstein wacht, halte ich inne. »Petter?«, frage ich. »Links oder rechts?«

Die Äste der Buchen ragen wie die Arme starrer Geister aus dem Nebel, von meinen Reisegefährten ist nichts zu sehen.

»Petter!«, rufe ich. »Matthes?«

Nur düsteres Schweigen ist die Antwort.

Ich warte. Die Zeit wird lang. Frischer Wind kommt auf und bläst mir eisige Tropfen ins Gesicht, scharf wie Nadeln. Meine Knie schlottern vor Kälte und Angst, und ich flüstere ein Gebet – für die Söldner, für mich selbst und sogar für die Grautiere; nur für den unheimlichen Mönch will mir kein frommes Wort über die Lippen.

Der Abend dämmert. Irgendwann werden die Esel unruhig, und bald darauf höre ich leise raschelnde Schritte: Ein hagerer Schatten tritt aus dem Nebel, schwärzer als das Nichts. Das Herz schlägt mir bis zum Hals. »Bruder Ruppert? Was ist geschehen?«, frage ich. »Wo sind die Söldner?«

»Das weiß nur Gott, Niklas«, erwidert der Schwarze Mönch mit einer Stimme, deren Anteilnahme mir gar zu ölig vorkommt. »Der Nebel scheint deine Begleiter verschluckt zu haben. Bete, dass ihnen nichts Schlimmeres widerfahren ist, als sich zu verirren.« Er tritt näher und greift nach dem Halfter der Braven Els.

»Nehmt Eure Finger weg!«, schreie ich empört. »Für wie dumm haltet Ihr mich? Gebt es zu: Ihr habt uns ausgespäht und auf eine Gelegenheit gewartet, das Salz zu stehlen! Was habt Ihr mit Matthes und Petter gemacht?« Das Messer an meinem Gürtel taugt zu wenig mehr, als Speck und Brot zu schneiden, aber ich zerre es aus der Scheide und hebe es an seine Brust.

Er zuckt mit keiner Wimper. Die Brave Els stemmt widerstrebend ihre Hufe ins Laub, aber er zieht sie herum und führt sie in den Nebel. Die anderen Esel folgen ihrem Leittier – was bleibt ihnen auch anderes übrig?

Was bleibt *mir* anderes übrig?

*

Wir erreichen die Mauern des Klosters Engelberg in tiefer, mondloser Nacht. Der Torwächter öffnet uns die Nachtpforte, und auf dem Klosterhof spricht der Schwarze Mönch mit einem Stallknecht und drückt ihm den Führstrick der Braven Els in die Hand. Er geleitet mich durch verwinkelte Gänge in eine mit grobem Stein gepflasterte Halle, an deren Wänden Tische aus rohem Holz zu einer Tafel gereiht sind. Grau gekleidete Mönche löffeln schweigend ihre Suppe und heben nur kurz den Blick, als mein Begleiter mir einen Platz am gemauerten Kamin weist. Ich dränge mich fröstelnd ans Feuer, in dem dicke Holzscheite prasselnde Wärme versprühen. Ein bartloser Novize stellt Brot und Suppe und einen Schoppen dunkles Bier vor mich hin.

»Ich habe mich wohl in Euch getäuscht, Bruder Ruppert«, gebe ich widerstrebend zu. »Aber wenn Ihr wirklich ein frommer Mann seid – warum ruft Ihr nicht Eure Brüder zusammen, entzündet Fackeln und sucht nach meinen Reisegefährten?«

»Wir würden sie im Dunkeln nicht einmal mit Gottes Hilfe finden«, gibt Bruder Ruppert zurück. »Aber wir brechen auf, sobald der Morgen graut. Vertrau mir, Niklas!«

*

Am nächsten Tag, Schlag zwölf, tragen die Franziskaner eine Leiche ins Kloster. Matthes' Hals ist von einem Ohr zum anderen aufgeschlitzt, sein lederner Brustpanzer ist steif vor geronnenem Blut, und in seinen toten Augen steht ein Abglanz reinen Grauens. Schwert und Dolch hängen noch an seinem Gürtel, so wie auch die Münze mit den fünf Gulden Vorschuss, die mein Herr ihm ausbezahlt hat – er ist also keinem Räuber in die Hände gefallen, sondern dem blutrünstigen Mörder, vor dem Bruder Ruppert uns gewarnt hat. Ich frage mich, was wohl aus dem armen Petter geworden ist ...

Die Mönche betten Matthes auf dem Klosterfriedhof zur letzten Ruhe. Ich werfe eine Schippe Erde in sein Grab und muss dabei gegen Tränen kämpfen – ich habe den alten Söldner kaum eine Woche gekannt, aber er war immer gutmütig und freundlich zu mir.

Nach dem schlichten Begräbnis belade ich die Esel und verabschiede mich von Bruder Ruppert. Über die »Engelsstaffeln« genannten Steinstufen steige ich nach Großheubach ab und folge dem Main die halbe Meile bis nach Miltenberg, wo mich der Händler, der das Salz meines

Herrn über den Fluss nach Osten verschiffen wird, bereits erwartet. Nach dem Handel klappert eine schwere Münze an meinem Gürtel, und sie wird kaum leichter, als ich einem anderen Händler die vollen Weinschläuche bezahle, welche die Esel zurück nach Orb zu meinem Herrn tragen sollen. Ich frage in allen Schänken nach Bewaffneten, aber niemand will mich begleiten: Mit den Räubern werde man wohl fertig, aber der Eselswegmörder sei eine allzu heimtückische Bestie – erst am Morgen habe man einen toten Söldner aus dem Wald getragen. Ob ich nichts davon gehört hätte?

Ich muss mich notgedrungen allein auf den Rückweg machen.

In der ersten Nacht wage ich es nicht, ein Feuer zu schüren oder die Augen zu schließen – ich kauere mich zwischen die warmen Leiber der Esel und bete zum heiligen Christophorus, dem Schutzpatron der Reisenden, um seine Gnade.

*

Am zweiten Abend wird es kalt, noch kälter als zuvor – aus den grauen Wolken fällt Schnee. Ohne Feuer ist der Nacht nicht zu trotzen, also trage ich einen Armvoll Holz zusammen, füttere die blassen Flammen mit morschen Ästen und hänge dunklen Gedanken nach.

»Gott zum Gruß, Niklas«, sagt eine raue Stimme.

Es dauert eine Weile, bis ich den Sprecher erkenne – sein Umhang ist zerrissen, seine Wangen sind eingefallen und seine Augen blutunterlaufen. »Bei allen Heiligen – Petter!«, rufe ich, und dann bricht es gleich aus mir heraus: »Matthes ist tot – er ist dem Mörder in die Hände gefallen, vor dem der Mönch uns gewarnt hat! Die Franziskaner haben ihn im Kloster beerdigt …«

Der junge Söldner kauert sich am Feuer zusammen. Er zittert wie Espenlaub, sein Magen knurrt so laut, dass ich es hören kann. Ich reiche ihm einen Kanten Brot und ein Stück Speck; und während er gierig kaut, erzähle ich ihm alles. »Und was ist dir widerfahren?«, frage ich schließlich in sein anhaltendes, dumpfes Schweigen. »Du warst plötzlich verschwunden an jenem Tag – hast du meine Rufe nicht gehört? Bist du – bist du dem Mörder begegnet?«

»Dem Mörder?« Petter runzelt die Stirn und legt den Kopf schief, als fiele es ihm schwer, sich zu erinnern. »Nein. Ich habe auch keine Rufe gehört ... Ich habe in dem elenden Nebel den Pfad verloren und bin tagelang durch den Wald geirrt, halb verrückt vor Kälte und Hunger. Irgendwann hat mich ein Jäger aufgelesen und zurück auf den Eselsweg geführt. Es war reines Glück, dass ich dein Feuer gesehen habe ...«

*

Am nächsten Tag schmilzt der Schnee rasch unter der steigenden Sonne. Tiefe Pfützen spiegeln die kahlen Äste von schlanken Buchen und knorrigen Eichen, die Hufe der Esel werfen Schlamm und modriges Laub auf. Die Ereignisse der letzten Tage haben Petter zugesetzt: Er geht gebückt wie ein alter Mann, das Haar hängt ihm wirr ins Gesicht, und unter seinem linken Auge zuckt ein Muskel, so stetig wie ein schlagendes Herz. Dennoch bin ich froh, ihn und sein Schwert zur Seite zu haben ...

Gegen Mittag rasten wir unter der Krone einer alten Eiche. Ein menschliches Bedürfnis treibt mich in die Büsche, und beim Zurückkommen ertappe ich Petter bei den Eseln: Er hat den Stopfen aus einem der Weinschläuche gezogen und füllt seinen Trinkbecher – flink und geschickt wie einer, der schon Übung hat ... »Was, zur Hölle, tust du da?!«, frage ich fassungslos. »Das ist der Wein meines Herrn!«

»Der kleine Schluck wird ihm kaum fehlen«, wiegelt der Söldner trotzig ab und hebt den Becher an die Lippen.

»Tu das nicht!«, beschwöre ich ihn. »Mein Dienstherr ist kleinlich mit seinem Eigentum – er wird dir die Hand abhacken lassen!«

Petter verzieht den Mund zu einem schiefen Grinsen. »Sofern er mir auf die Schliche kommt ... Nun stell dich nicht so an, Niklas! Wir könnten die Weinschläuche deines edlen Herrn leersaufen bis zum letzten Tropfen, wir könnten uns sogar sein Gold teilen – wir bräuchten nur zu sagen, die Räuber hätten uns aufgelauert ...«

»Über solche Scherze lacht nur der Teufel ...«, erkläre ich kopfschüttelnd. Ich hebe die Hand, um mich zu bekreuzigen, als jemand sagt: »Es war wohl kaum als Scherz gemeint.«

Ich fahre herum. Petter lässt den Becher fallen und legt die Hand an den Griff seines Schwertes. Der Wein versickert im Laub, rot wie Blut. Keine zehn Schritte entfernt steht eine dunkle, hagere Gestalt zwischen den Stämmen der Buchen.

»*Bruder Ruppert*? Was wollt Ihr hier?«, faucht Petter.

»Ich habe Neuigkeiten«, sagt der Mönch und tritt näher. »Vorgestern, kaum eine Stunde nach Niklas' Aufbruch, ist ein Händler nach Großheubach gekommen, der etwas zu erzählen wusste: Die Flörsbacher Büttel haben schon vor Tagen einen verhaftet, der ihnen die Eselswegmorde gestanden hat. Ein Wandergeselle – man hat ihm die Knochen gebrochen und ihn aufs Rad geflochten. Die Raben haben ihm bereits die Augen ausgehackt, als Matthes gestorben ist.«

Ich versuche zu begreifen. Petter ist flinker als ich.

»Dann hat wohl ein anderer Matthes getötet ... Aber was zur Hölle schert *Euch* das? Warum verfolgt Ihr uns?«

»Ich war in Sorge um Niklas und das Gold seines Herrn«, sagt Bruder Ruppert mit honigsanfter Stimme. »Und wie es scheint, zu Recht ... Du hast dich verrechnet, Petter! Hättest du Matthes die Börse vom Gürtel geschnitten, wäre der Verdacht auf die Räuber gefallen; aber so war es nicht schwer für mich, eins und eins zusammenzuzählen. Ich habe mich an jenem Tag lange mit deinem Bruder unterhalten. Nun, da er tot ist, wirst du wohl das Weingut eures Vaters erben?«

Endlich verstehe ich, worauf er hinauswill. »*Du*?«, frage ich Petter entgeistert. »Du hast Matthes umgebracht?«

Petter schüttelt den Kopf. »Hör nicht auf ihn, Niklas! Warum hätte ich Matthes töten sollen? Er war kinderlos und gute zwanzig Jahre älter als ich – früher oder später hätte ich das Weingut ohnehin geerbt!«

»Matthes war jung genug, um noch einen Sohn zu zeugen«, gibt der Mönch zu bedenken, »und Geduld ist nicht deine Stärke, Petter ... Du warst es leid, dein Leben für den Gewinn reicher Herren zu wagen und auf bessere Zeiten zu warten! Du warst es leid, dass Matthes alles besser wusste und euer Vater ihn dir immer vorgezogen hat! Hast du schon lange daran gedacht, ihn aus dem Weg zu schaffen? Oder ist dir der Gedanke erst gekommen, als ich euch von dem Eselswegmörder erzählt habe? Hast du die Gelegenheit beim Schopf ergriffen?«

»Das habt Ihr Euch schön zurechtgelegt, Bruder Ruppert«, schnappt Petter und zieht sein Schwert. »Aber Ihr täuscht Euch! Oder täuscht *Ihr uns*? Vielleicht haben die Flörsbacher den Falschen aufs Rad geflochten – es wäre nicht das erste Mal, dass ein Unschuldiger gerichtet wird! Und wenn der Eselswegmörder noch frei herumläuft, spricht wenig dafür, dass ich es bin: Der Wahnsinnige mordet schon seit vielen Wochen, ich aber habe diesen Pfad vor wenigen Tagen zum ersten Mal betreten! Vielleicht seid Ihr selbst der Mörder? Ich habe Euch von Anfang an nicht über den Weg getraut!«

»Lass das Schwert fallen, Petter«, sagt der Schwarze Mönch. Er bückt sich, geschmeidig wie eine Schlange, und zieht einen langen Dolch aus seinen Stiefeln.

»Warum sollte ich?«, ruft der Söldner und hackt mit seiner Klinge drohend eine Furche in die kühle Herbstluft. »Damit *Ihr* ein leichteres Spiel habt? Ein Beutel Gold ist leichter zu stehlen als vier mit Salz bepackte Esel, nicht wahr, Bruder Ruppert?«

»Lass das Schwert fallen!«, wiederholt der Mönch.

Petter packt mich, zieht mich grob vor seine Brust und hebt das Schwert an meine Kehle. »Verschwindet! Oder wollt Ihr, dass Niklas stirbt?«

»Du bist bereit, Niklas zu töten? Dann bist du auch der Mörder deines Bruders«, stellt der Mönch fest und fügt gelassen an: »Glaub mir, Petter: Es macht weder für mich noch für dich einen Unterschied, ob man dich für einen Mord richtet oder für zwei.«

»Für Niklas macht es wohl einen Unterschied!«, kreischt Petter. »Ihr seid es, dem nichts an seinem Leben liegt! *Ihr* seid der Mörder! *Ihr* habt Matthes getötet!«

Der Schwarze Mönch kommt näher, Schritt für Schritt, schweigend, ohne jedes Zögern.

Petters Hand zittert. Die Schwertklinge ritzt meine Haut, ein Rinnsal Blut läuft warm über meine Brust. Die Knie werden mir weich. Wer auch immer diesen sonderbaren

Wettstreit gewinnt oder verliert: Der Einsatz scheint mein Leben zu sein. Ich schließe die Augen und warte auf meinen Tod. Ich höre das Klirren aufeinandertreffender Klingen, einen lauten Fluch und ein leises Stöhnen; dann werde ich zu Boden gestoßen. Der Aufprall presst mir die Luft aus den Lungen.

Als ich wieder zu mir komme, liegt Petter im Schlamm wie ein geschlachtetes Tier. Ein tiefer Schnitt klafft in seiner Kehle, sein Brustpanzer ist steif vor Blut, und in seinen toten Augen steht ein Abglanz reinen Grauens.

»Glaub mir, Niklas: Wer aufs Rad geflochten wird, stirbt weniger sanft«, sagt Bruder Ruppert. Er hilft mir auf und legt mir tröstend die Hand auf die Schulter.

»Das ist wohl wahr«, gebe ich zu.

Was sonst wahr ist, vermag ich nicht zu sagen. Ich lebe jedenfalls, und Bruder Ruppert geleitet mich bis zum Weiler Schlüchtern – von hier ist es nicht mehr weit bis nach Orb, zur Salzsiederei meines Herrn.

»Du bist noch jung, Niklas«, sagt er zum Abschied und schlägt ein Kreuz vor meiner Stirn. »Du wirst noch lernen, wem du trauen darfst – und wem nicht.«

»Euer Wort in Gottes Ohr«, nicke ich. Meine Knie hören erst auf zu zittern, als ich die Brave Els in ihren Stall führe.

*

Wochen später dringen Gerüchte bis nach Orb: Auf den Waldwegen um Miltenberg finde man, hin und wieder, eine Leiche mit aufgeschlitzter Kehle – einen Händler, Hausierer oder arglosen Reisenden, dem niemand die Münze vom Gürtel geschnitten habe. Der vom Flörsbacher Henker gerichtete Wandergeselle sei ein Spitzbube, aber wohl nicht der Mörder gewesen – er habe die grausigen Taten nur gestanden, um die Pein der Folter zu verkürzen ...

Vielleicht werde ich eines Tages wissen, wem ich trauen darf und wem nicht – aber was in jenen düsteren Novembertagen auf dem Eselsweg wirklich geschehen ist, wird mir bis ins Grab ein Rätsel bleiben. War Petter ein Brudermörder? Oder war er gänzlich unschuldig und musste sterben, weil der Schwarze Mönch die richtigen Schlüsse aus den falschen Informationen gezogen hat? Manchmal argwöhne ich, dass Bruder Ruppert selbst der Eselswegmörder ist; ein Teufel in Mönchskutte, der mit mir gespielt hat wie eine satte Katze mit einer Maus – ein Verdacht, der mir bald darauf wieder wie ein schändlicher Frevel erscheint ...

So oft ich auch darüber nachsinne und wie ich es auch drehe und wende: Die Wahrheit ist nicht zu greifen.

Sie bleibt ein vager Schemen – ein Schatten im Nebel.

Petra Steps

Himmelstadter Domina

»Boah, ist das kalt hier drin.«

Rosemarie hatte die Tür des kleinen Zollhäuschens in Himmelstadt hinter sich zugezogen. Erwin, der vor ihr in den Raum getreten war, drehte sich um: »Kein Wunder, ist ja auch das Weihnachtspostamt. Und Weihnachten und Kälte, das gehört irgendwie zusammen. Aber die kommen regelmäßig ins Schwitzen, keine Sorge!« Erwin drehte seiner Frau wieder den Rücken zu. Wie bei jeder Ausstellung, die sie besuchten, machte er sich sofort daran, die Tafeln von links nach rechts, von oben nach unten zu studieren, als hätte er Angst, die wichtigsten Informationen zu verpassen.

»Soll ich die Tür wieder aufmachen?«, fragte sie. »Draußen ist es deutlich wärmer als drin.«

»Du hast doch gesehen, wie die Frau vorhin aufgesperrt und die Tür wieder verschlossen hat. Das wird einen Sinn haben.«

Rosemarie schaute zu Erwin. Sein Blick sprach Bände.

»Rosi. Denk an unseren Keller im Sommer, wenn es draußen wärmer ist als drin. Genau so ist das hier. Bei offener Tür wird die Feuchtigkeit ins Haus gezogen und schlägt sich auf den kalten Wänden und dem Fußboden nieder.«

»Auch auf dem blau-weiß-bayerischen Landbriefkasten für die Briefe an das Christkind? Und auf den beiden Figuren da hinten?«, provozierte Rosi.

»Ja, Schatz, auch auf dem Briefkasten und auf den Figuren.«

Erwin drehte sich zu dem Aufsteller und las weiter.

»Sag mal, Erwin, riechst du das?«

»Was denn? Das ist ein altes Haus. Da riecht es manchmal ein wenig muffig, wenn nicht geheizt und gelüftet wird. Und wir haben ja erst April.«

»Nein, Erwin, das riecht nicht, es stinkt. So nach ... Ich weiß nicht ... nach Tod. Vielleicht sind das ja die Typen da hinter dem Gitter da hinten. Sieht aus wie Knast. Soll wohl ein Postschalter sein. Die beiden sind bestimmt älter als der Kuhberg.«

Erwin und Rosemarie Möller waren nicht aus Himmelstadt, deshalb zitierten sie ihren vogtländischen Hausberg, dessen Turm in Sichtweite ihrer Heimat gen Himmel ragt. Sie hatten hier eine Ferienwohnung gebucht, um ein paar Tage am Main entlangzuradeln und die fränkische Gastlichkeit zu genießen. Schon am Tag ihrer Ankunft waren sie vom Pech verfolgt, denn statt Schäufele oder Schweinshaxe mit Knödeln fanden sie nur Gaststätten mit italienischer Küche oder Dönerbuden. Alles andere hatte Ruhetag, Betriebsferien oder seit dem Druck des letzten Reiseführers über fränkische Genüsse dichtgemacht.

»Wenn du weiter so langsam liest, fällt das Mittagessen heute aus. Es war eh eine blöde Idee, ausgerechnet jetzt im April nach Weinfranken zu fahren und nicht im Herbst, wenn in den Heckenwirtschaften des Himmelstadter Kelters und der angrenzenden Weinberge neuer Wein ausgeschenkt wird. Aber nun sind wir einmal da. Für heute habe ich uns so ein schönes Lokal ausgesucht.«

»Ja, ich weiß, in Thüngersheim. Ich habe den Zettel gelesen. Ruf nur erst an, ob geöffnet ist. Nicht dass wir extra hinfahren und erleben wieder so eine Pleite wie gestern. Eine Leberkässemmel reicht mir zur Not auch. Da brauche ich mich nicht abstrampeln.«

»Ich denke, wir sind zum Radeln hergekommen. Da ist es doch egal, wohin wir fahren. Dauernd hast du was zu meckern«, erwiderte Rosi.

Erwin wendete seinen Blick den Briefen der Kinder zu. Sie waren stellvertretend für die mehr als achtzigtausend Zuschriften im Jahr ausgestellt, die Himmelstadt als vermeintlicher Wohnort des Weihnachtsmannes oder des Christkindes erhielt. Liebevoll gezeichnet oder beklebt, mit großen oder kleinen Wünschen. »Haha, hier ist ein Zeitungsartikel über dich: ›In Himmelstadt heißt das Christkind Rosemarie‹, steht in der Überschrift. Na, davon habe ich noch nichts gemerkt!«, spottete Erwin.

»Du spielst auch nur beim Weihnachtsmarkt den Weihnachtsmann, und ich warte das ganze Jahr über vergeblich auf Sack und Rute, von Geschenken ganz zu schweigen«, konterte seine Angetraute. Sie waren seit fünfunddreißig Jahren ein Paar. Erwin schaute sie an: »Dein Mann ist halt rücksichtsvoll. Ich sage nur Kopfschmerzen und so.«

Rosi wendete sich von ihm ab und bewegte sich in Richtung des Gitters. Sie hatte die Bemerkung ihres Mannes bereits vergessen, als sie auf die beiden Gestalten blickte.

»Erwin, guck mal, die Bayern waren gar nicht so rückständig, wie wir immer gedacht haben. Der eine olle Postbeamte, ich meine den, der da am Schalter sitzt, hat lange blonde Haare. Das ist eindeutig eine Frau.«

»Erstens sind das keine Bayern hier, sondern Franken. Und zweitens muss die Dame ja nicht verbeamtet gewesen sein.«

»Erwin, die trägt die gleichen Schulterstücke wie ihr Kollege. Das sieht überhaupt aus wie eine Männeruniform.«

Rosi war nahe an das Gitter herangegangen, das den Raum für das Publikum vom Postschalter trennt.

»Die Puppe hat Augenringe! Und Striemen über dem Gesicht! Und das Halsband, das könnte man ... Oh Sch... Erwin ... Ich weiß, was so komisch riecht. Komm mal her! Die ist echt.«

»Du spinnst«, brachte Erwin gerade noch heraus, rückte seine Lesebrille ein paar Zentimeter in Richtung Nasenspitze und näherte sich dem Gitter. »Nein, doch nicht. Du hast recht, obwohl ich das ungern zugebe. Guck mal raus, ob du die Frau noch siehst, die vorhin aufgesperrt hat. Sie ist in Richtung des Glaspavillons über die Straße gegangen und hat sich dort mit jemandem unterhalten. Ich glaube, mit einer jüngeren Blondine!«

»Das hast du bemerkt? Ach ja, weil die Dame jung war. Ein älterer Herr wäre dir nicht im Gedächtnis geblieben.«

»Danke gleichfalls. Als ob dich die alten weißen Männer interessieren. Meinst du ...«

Rosemarie hörte nicht mehr, was sie meinen sollte. Sie hatte die Tür bereits geöffnet und war ins Freie getreten. Straßenlärm drang ins Gebäudeinnere.

Erwin folgte ihr. Allein mit einer Toten im Haus, das war nun wirklich nichts für ihn.

»Hallo, Sie da, können Sie bitte herüberkommen?«, schrie Rosemarie gegen etliche Dezibel an.

»Meinen Sie mich?«, fragte die Frau, die tatsächlich immer noch vor dem Glaspavillon stand, der ein mit Stühlen ausgestatteter Veranstaltungsraum war.

»Ja, genau Sie. Sie haben vorhin hier aufgesperrt. Kommen Sie bitte mal rüber!«

Die Dame, die sich Rosi später als Rikka Engel und Mitarbeiterin der Gemeinde Himmelstadt vorstellen sollte, wartete, bis zwei Autos vorübergefahren waren. Dann überquerte sie die Brückenstraße.

»Wir haben hier eine seltsame Entdeckung gemacht. Kommen Sie bitte mit ins Haus. Ich hoffe, Sie sind nicht allzu zartbesaitet!«

Rikka Engel folgte ihr ins Häuschen.

Rosi war noch nicht fertig mit ihrer Erläuterung, da ertönte ein Schrei. Rikka rannte hinaus in Richtung Mainböschung. Ihr Frühstück landete in einem Schwall auf dem gen Himmel sprießenden Gras. Sie kramte ein Papiertaschentuch aus der Jackentasche und begann sich zuerst den Mund abzuwischen, dann entfernte sie die Spritzer von ihren Lackschuhen.

»Alles in Ordnung?«, fragte Rosi, die der Frau in gebührendem Abstand gefolgt war.

»Natürlich nicht«, antwortete Rikka und holte ihr Handy aus der Hose. Bevor sie die Nummer des Bürgermeisters wählte, forderte sie Rosi auf, die Tür zur Weihnachtsausstellung zu schließen und sich davor zu postieren. »Sagen Sie den Leuten, dass heute leider geschlossen ist. Falls überhaupt einer kommt. Wir haben ja April, da ist es eh ruhig hier. Ich will mir nicht vorstellen, was an den Adventswochenenden los wäre, wenn wir Weihnachtsmarkt haben. Oder zum Weinfest im August.«

»Die gähnende Leere haben wir auch schon bemerkt. Außer Ihnen und der blonden jungen Frau haben wir heute noch keinen auf der Straße gesehen. Jetzt ist ja erst mal großer Bahnhof im Ort.«

»Ach, das war Mirjam. Ich treffe sie fast jeden Tag, wenn ich aufsperre. Sie wohnt gleich hier drüben. Trotzdem bringt sie die Kinder zur Schule. Später geht sie dann mit den beiden Kleinen zum Kindergarten. Das Baby nimmt sie wieder mit nach Hause. Vier so kleine Kinder – sie hat Humor!«

Rosi überlegte kurz. »Bei Ihnen sind die Frauen doch bestimmt eher Hausfrau und Mutter und schmeißen alles, oder? Einen Mann hat sie aber?«

»Wenn man das so nennen will ...«

Rosi schaute zu der Verwaltungsmitarbeiterin, die nach drei gescheiterten Versuchen endlich den Bürgermeister an der Strippe hatte. Es dauerte nicht lange, bis am Ende der Brücke die ersten Einsatzfahrzeuge der Polizei auftauchten. Sie nahmen auf der Brückenstraße zwischen Kirchplatz und Mainschleuse Aufstellung. Rikka Engel ging in Richtung der Fahrzeuge. Das Thema Mirjam und ihr Mann war damit gegessen. Dabei hätte Rosi zu gern gewusst, was es mit dem Mann auf sich hatte.

Das Himmelstadter Weihnachtspostamt wurde weiträumig abgesperrt.

Immer mehr Autos kamen, die Tatortgruppe, der Staatsanwalt, ein Arzt. »Was brauchen die einen Arzt. Man sieht ja, dass die hinüber ist«, sagte Erwin zu Rosi, als ein Polizeibeamter auf sie zusteuerte. »Kriminalhauptkommissar Maik Seidl. Sie sind das Paar, das die Frau entdeckt hat.«

»Richtig. Wissen Sie schon, wer sie ist?«

»Nun mal langsam mit die jungen Pferde. Wir beginnen ja gerade erst. Ich müsste Ihre Personalien aufnehmen und Sie als Zeugen befragen. Kommen Sie bitte mit zu unserem Fahrzeug.«

»Dann also doch Leberkässemmel.« Erwin verdrehte die Augen. Er hatte sich den Tag etwas anders vorgestellt. Falls er sich überhaupt etwas vorgestellt hatte. Planen war seit dem Ende der DDR für ihn so etwas wie ein No-Go geworden. Die Planwirtschaft war zugunsten der Marktwirtschaft gestorben, auf der ganzen Linie, was oft zu Konflikten mit Rosi führte.

»Haben Sie Ihre Personalausweise dabei?«, fragte der Kriminalbeamte. Nachdem er die Personalien festgestellt hatte, wollte er wissen, wo Möllers abgestiegen waren. Rosi zeigte zur Ferienwohnung. »Wir sind gestern erst gekommen«, sagte sie fast entschuldigend.

»Bleiben Sie länger? Sonst haben Sie ja gar nichts von unserer schönen Gegend!«

»Am Sonntag müssen wir zurück.«

»Es wäre schön, wenn Sie nicht so weit weggehen würden, falls wir noch Fragen an Sie haben.«

»Wir haben Urlaub und werden nicht immer hier sein«, erwiderte Rosi. »Sie haben meine Handynummer. Für gewöhnlich rufe ich zurück.«

Der Tag war so oder so hinüber. Möllers ließen das Gewusel am Zollhäuschen noch ein wenig auf sich wirken. Inzwischen war der Bestatter eingetroffen und hatte sein Auto vor dem Eingang postiert.

»Komm, lass uns nach Thüngersheim radeln. Wir besichtigen den Ort und essen zu Mittag. Das müssten wir noch schaffen. Den Nachmittag können wir ja in Himmelstadt verbringen, wenn das Wetter so bleibt«, schlug Rosi vor.

Gut zwei Stunden später kehrten sie zurück, stellten ihre Räder am Glaspavillon an der Mainbrücke ab und warfen einen Blick auf das Zollhäuschen. Dort war es ruhig geworden. Nur ein Einsatzwagen der Polizei stand noch rechts neben dem Gebäude. »Ob die schon etwas herausgefunden haben?« Rosi blickte zu Erwin. »Geh hin und frag, wenn du so neugierig bist«, antwortete er. »Nein, was sollen die von mir denken«, stellte Rosi klar.

Möllers entdeckten das Schild »Weihnachtserlebnispark Himmelstadt« und liefen ein Stück parallel zum Main am 1. Deutschen Philatelisten-Lehrpfad entlang. »Ich wusste gar nicht, was alles hinter einer Briefmarke steckt. Bisher habe ich nie auf das Motiv geachtet«, begann Rosi das Gespräch mit Erwin, der bei Weihnachtsbriefmarken mit mittelalterlichen Bildern hängen geblieben war.

Erwin studierte jede einzelne Tafel. Rosi entdeckte eine Tür zum Naturschaugarten, durch die sie in die relativ neue Anlage schlüpfte. Als Erstes stand sie vor dem Totholzbereich. »Ein Totholzhaufen allein reicht zum Erhalt der Artenvielfalt nicht aus. Es müssen ausreichend blühende Pflanzen im Umfeld vorhanden sein«, waren die beiden Sätze auf der Tafel, die sie anfixten. Sie dachte an die Tote aus dem Zollhäuschen und spürte die Vergänglichkeit fast körperlich. Dazu betrachtete sie die Holzstücke, von denen einige mit Moos bewachsen, andere morsch geworden waren. Totes Holz ist Lebensraum für Tiere. Bin ich auch Lebensraum? Was habe ich noch zu bieten?, schoss es ihr durch den Kopf. Sie ging zur nächsten Station, bei der Aufbau, Pflege und Nutzen einer Trockenmauer erklärt waren. So ein Naturbauwerk hatte sie in ihrem Garten. Und eine Streuobstwiese wie mitten in der Anlage. Einige Bereiche standen noch am Anfang ihrer Wachstumsperiode. Selbst im Nutzgarten war noch nichts zu holen. Dort sah sie Erwin stehen, der den anderen Eingang genommen hatte. »Da sind ein paar nette Anregungen für unser Grundstück. Vielleicht können wir etwas so ähnlich gestalten, alles so in Bereiche, die sich gegenseitig ergänzen«, schlug Rosi vor.

»Wir?«, fragte Erwin. Es klang sarkastisch. Rosi wusste, dass sie beim grünen Daumen definitiv nicht hier geschrien hatte und Gartenarbeit war alles andere als ihr Hobby. Sie wollte aber nicht mit Erwin streiten.

Nach dem Schaugarten besuchten sie den Ökologischen Weinlehrpfad, wobei sie anhand der knorrigen Äste und ein paar winziger Triebe keine Unterschiede zwischen den Traubensorten ausmachen konnten.

Am Abend gingen Möllers in die Weinscheune. Erwin bestellte Würstchen mit Sauerkraut. Dass dazu ein Bier gehörte, konnte Rosi nicht leugnen. Sie nahm den gebackenen Camembert und den Wein des Tages.

»Eine Himmelstadter Domina, Jahrgang 2017, eine etwas fruchtigere Sorte. Die ist heute im Angebot. Wir haben noch einen traditionell gekelterten, der ist nicht so fruchtig, eher ein bisschen rauchig. Und auch nicht im Angebot«, hatte die Wirtin gesagt, als sie das Weinglas abstellte.

»Habe ich richtig gehört? Heißt der Rotwein tatsächlich Domina? Wir waren heute an dem Ökologischen Weinlehrpfad unten am Main. Da habe ich keine Traube mit diesem Namen gesehen.« Rosi blickte die Wirtin fragend an.

»Domina ist eine beliebte Rebsorte hier bei uns in Franken, keine ganz alte. Sie wurde 1927 am Rebenzüchtungsinstitut Geilweilerhof in der Pfalz ge...«

Rosi prustete los. »Domina und Geilweilerhof, das passt.«

Die Wirtin stimmte in das Gelächter ein. »So habe ich das noch gar nicht gesehen. Aber die kräftige rote Farbe und der Geschmack nach reifen Kirschen oder Waldbeeren – da können einem seltsame Gedanken kommen«, sagte sie mit fränkischem Akzent.

Rosi meinte, von der Seite her einen wehmütigen Blick wahrzunehmen. Am Nachbartisch saß ein schwarzhaariger Mann und schaute sofort in sein Bierglas, nachdem sich ihre Blicke getroffen hatten. Rosi überlegte kurz, ob er vielleicht auf das Wort Domina angesprungen war. Als sie sich der Kellnerin wieder zuwandte, hörte sie nur noch: »Die Domina ist im Himmelstadter Kelter beliebt. Waren Sie da schon?« Wieder schaute der Mann zu ihrem Tisch.

»Sie meinen oben, in den Weinbergen?«

»Ja. Da müssen Sie unbedingt hin und die herrliche Aussicht auf den Main und die Ortschaften genießen. Sieht aus wie auf dem Zugbrett. Ich muss weiter. Wenn Sie noch etwas brauchen ...«

»Ja, bitte noch ein Bier.« Das kam vom Tisch nebenan.

Erwin hatte während des Gesprächs nur einmal kurz den Blick gehoben und zu der Bierbestellung von nebenan »Ich auch« gerufen. Dann hatte er wieder auf sein Handy gestarrt. Rosi griff in ihre Jackentasche und legte ihr Telefon auf den Tisch. Sie nahm einen Schluck vom Rotwein und bewegte ihn im Mund hin und her. Langsam schluckte sie den guten Tropfen hinunter. Sie begann nach Domina zu googeln und landete zuerst in der Sex- und Pornoabteilung. *Fetisch und BDSM jetzt erleben* und so. Als sie Wein und Franken hinzufügte, erbarmte sich das World Wide Web und spuckte die gesuchten Informationen aus. Domina war also eine Kreuzung aus Spätburgunder und blauem Portugieser – beides Weine, die nicht in ihrem bescheidenen Weinkeller zu Hause wohnten. Dort hatte sie eher Primitivo- oder Saale-Unstrut-Weine stehen. »Wir könnten eigentlich eine Kiste mit nach Hause nehmen, oder zwei. Ich habe bald Geburtstag. Die Flasche für 4,50 Euro, das ist ein echtes Schnäppchen.«

»Wenn du meinst«, murmelte Erwin und wandte sich wieder seinem Handy und dem fränkischen Bier zu. Rosi war froh, überhaupt eine Antwort bekommen zu haben. Sie wollte mehr über die Domina wissen. Auf einer Winzerseite erfuhr sie, dass die Rebsorte eher unkompliziert in ihren Ansprüchen war. Das widersprach ihrer Vorstellung von einer peitscheknallenden Lady in Lack und Leder, die sich vor einem knienden Häufchen Elend aufgebaut hatte. Vor ihrem inneren Auge erschien der Mann vom Nachbartisch am Boden kniend.

Rosi las weiter: »Domina wird als Deckwein für andere Weine aus roten Trauben gewonnen. Deckwein, was ist das denn? Aha, Domina heißt einfach Herrin. Die haben auch damals gegendert. Nicht mal dem Herrn ließen sie sein Geschlecht, es musste noch eine Herrin her. Hast du gehört?«

Erwin guckte zu ihr, den Schaum des frisch gezapften Bieres am Mund, das ihm die Bedienung gerade gebracht hatte. »Was hast du gesagt?«

»Ach, nichts, ich habe nur geschaut, woher die Rebsorte kommt. Peter Morino hieß der Winzer, der sie gezüchtet hat. Vermutlich hat er ihr den Namen gegeben. Man müsste mehr über ihn wissen. Ich meine, so einen Namen wählt man doch mit Bedacht.«

Rosi hob ihr leeres Glas und blinzelte zu dem Herrn, der tat, als müsse er jeden Schluck Bier zerkauen. Die Wirtin stand augenblicklich am Tisch und fragte, ob sie noch ein Glas bringen könne. »Ich glaube, wir sollten ins Bett gehen. Die Handyakkus sind gleich leer.« *Und dann müssten wir vielleicht noch miteinander reden*, verkniff sie sich. »Bevor Sie die Rechnung bringen, müssen Sie mir noch erklären, was ein Deckwein ist. Ich nehme an, mit Hengsten hat das nichts zu tun.«

Die Wirtin musste wieder lachen. »Natürlich nicht. Ein Deckwein ist sehr farbkräftig. Man kann damit blassere Weine aufhübschen. Es darf nur nicht zu viel sein, Sie wissen schon: die Vorschriften! Wir sind in Deutschland. Und in der EU.« Sie zahlten und liefen den kurzen Weg zu ihrer Ferienwohnung schweigend nebeneinander her.

Rosi wachte am nächsten Morgen mit dem Duft von Brötchen und frisch gebrühtem Kaffee auf. Zumindest in dieser

Beziehung war auf Erwin Verlass. Sie war sicher, dass er sogar Eier gekocht hatte. Schnell verschwand sie im Bad, putzte ihre Zähne und ließ das heiße Duschwasser über ihren Körper rinnen. Nachdem sie die Haut trocken gerubbelt hatte, versuchte sie mit der sündhaft teuren Creme vom Toten Meer zu retten, was nicht mehr zu retten war. Sie seufzte und begann sich zu schminken, auch wenn Erwin nichts davon wahrnehmen würde. Dann kleidete sie sich an und begab sich in die Küche. Ihr Mann starrte in sein Handy.

»Ich glaube, es gibt nur einen einzigen Bäcker hier. Wir können keinen anderen probieren. Schade. Zum Glück sind die Brötchen gut.«

Wenn das deine einzigen Sorgen sind, dachte Rosi und nickte beiläufig.

»Was machen wir heute?«, fragte sie ihren Mann, um sich gleich darauf zu ärgern, weil Erwin erwartungsgemäß nichts vorzuschlagen hatte. Wie immer hatte sie im Vorfeld Reiseführer gewälzt, sich Bilder im Internet angeschaut und bei der Touristeninformation um Reisetipps gebeten. Seit sie verheiratet waren, hatte sich Erwin nicht ein einziges Mal an irgendwelchen Reisevorbereitungen beteiligt. So langsam ging ihr das auf den Nerv. Sie war doch kein Reiseleiter!

»Lass uns heute durch die Weinberge fahren. Mit den Elektrorädern kommen wir gut auf den Berg, und oben geht es sicher relativ eben hin. Vielleicht finden wir die Himmelstadter Domina. Ich meine den Wein, den ich gestern getrunken habe.«

»Wer weiß, was wir finden. Domina! Denk an die Blonde im Postamt. Die hatte ein wenig Leder um den Hals und Striemen im Gesicht.«

»Erwin, eine Domina hat keine Striemen im Gesicht. Die teilt höchstens aus!«

Rosi räumte den Frühstückstisch ab und beförderte das Geschirr in die Spülmaschine. Erwin suchte seine Brille, ohne die er nichts lesen konnte. Als er aus dem Bad kam, hatte er sie auf dem Kopf.

Erste Station im Himmelstadter Kelter war die Kapelle Maria an der Zelter.

»Die Sitzgruppe kommt wie gerufen für eine Rast, um etwas zu trinken.« Rosi hatte die Picknicktasche ausgepackt, als Erwin aus der Kapelle kam. Sie erhob sich und lief die paar Schritte bis zur Eingangstür, während Erwin zum Tisch ging.

»Ich habe mit Maria gesprochen. Vielleicht hat sie mich ja erhört. Ich habe sie erinnert, dass sie und ihr Josef und selbst Jesus Juden waren. Vielleicht kann sie ja mal ihren Segen für ihre Ursprungsfamilie verwenden und nicht nur für die Christen. Notwendig wäre es.«

Erwin schluckte. Zu starker Tobak so früh am Morgen: »Was du dir für Gedanken machst! Hast du ausgetrunken? Dann können wir weiter«, lenkte er geschickt ab.

»Komm, wir überqueren erst einmal die Straße. Ich will mir das Haus dort drüben angucken.« Als sie sich auf den Weg machten, stoppte ein Auto an der Kapelle. Rosi wollte freundlich grüßen. Der mürrische Blick hielt sie zurück.

Erwin folgte Rosi, die forschen Schrittes auf die Maschinenhalle zulief. »Das war der Kerl, der gestern über seinem Bier gebrütet hat, in der Weinscheune. Der guckt heute noch genauso grimmig«, sagte sie.

»Du siehst das Gras wachsen«, wiegelte Erwin ab. »Schau mal: Man kann die Räume vom Winzer- und Weinbauverein Himmelstadt für Feiern mieten. Mitten im Weinberg. Wie schön! Hier müsste man im Herbst sein, wenn es den neuen Wein gibt und die Heckenwirtschaften öffnen.« Rosi begeisterte sich für die Halle, doch der Metallzaun gestattete keinen Blick ins Innere des Gebäudes. Sie drehte um. Erwin tippelte zwei Schritte hinter ihr über die Straße. Das Auto und sein Fahrer waren weg.

Möllers fuhren mithilfe der Elektromotoren noch ein Stück bergauf und bogen nach links ab. Vor ihnen lag ein Wirtschaftsweg, den die Winzer für die Pflege des Weinberges nutzten. Im Moment war niemand da. Der Schnitt der Rebstöcke war durch. Erwin und Rosi hielten an, um den Blick ins Tal zu genießen. Sie stiegen von den Rädern und legten sie vorsichtig an den Wegrand.

»Guck mal, was ist denn das? Sieht nach einer Schleifspur aus. Und die Flecken nach Blut.« Erwin wäre fast in einen der dunklen Kleckse getappt.

Rosi fuhr ihn an: »Ich glaube, du zerstörst Spuren.«

»Echt jetzt?«

»Lass uns um den Berg fahren und den Weg von hinten angehen«, schlug sie vor. Rosi und Erwin nahmen ihre Räder, stiegen auf und strampelten den Berg noch ein Stück hoch, um die nächste Gabelung nach links zu fahren. An der folgenden Wegkreuzung bogen sie erneut nach links ab und gelangten so auf die andere Seite.

»Stopp«, rief Rosi. Erwin nahm augenblicklich den Fuß von den Pedalen und wäre beinahe samt Rad in die Weinstöcke gekracht.

»Was schreist du so? Man erschrickt sich ja zu Tode!«

»Zu Tode ist gut. Schau mal nach links.«

»Das sieht nach einem versteckten Eingang aus. Du, da sind noch mehr so dunkle Flecken!«

»Ich rufe Frau Engel an. Die Nummer habe ich eingespeichert. Die von dem Kommissar nicht.«

»Hallo, Frau Engel, hier ist das Ehepaar vom Zollhäuschen, Rosi und Erwin Möller. Wir haben Ihren Rat befolgt und sind in die Weinberge geradelt. Allerdings stehen wir jetzt an einer Stelle, die ein wenig merkwürdig anmutet, so mit Schleifspuren und dunklen Flecken, die verdammt nach Blut aussehen. Können Sie uns den Herrn Seidl von gestern schicken?«

»Ach du Sch... Und Sie meinen, da gibt es einen Zusammenhang?«

»Sieht ganz danach aus. Ich gebe Ihnen die Koordinaten. Haben Sie einen Stift? Gefühlt sind wir fünfhundert Meter links von der B 27 entfernt auf einem Wirtschaftsweg. Wir haben die Spuren schon von der Straße aus bemerkt. Und hier scheint ein Eingang in den Weinberg zu sein. Nur notdürftig versteckt.«

Von Weitem sahen Rosi und Erwin das Blaulicht auf dem Auto, das sich die Straße heraufschlängelte. Sie wussten, wie es weiterging, sollte sich ihre Vermutung bestätigen. Und genau das trat ein.

»Bleiben Sie am besten, wo Sie sind. Wir dürfen keine Spuren zertrampeln«, bat KHK Seidl. »Das werden die Massen tun, die gleich anrücken«, antwortete Erwin. »Unsere Leute sind geschult. Die passen auf«, beruhigte ihn der Kommissar.

Es dauerte nicht lange, und die Beamten wuselten wie Rebläuse durch den Weinberg. KHK Seidl ließ Möllers noch einen Blick hinter die Geheimtür riskieren.

»Oh, Domina bei Domina«, entfuhr es Rosi, als sich vor ihr ein gut eingerichtetes Studio auftat. An der Wand hing ein großes Andreaskreuz, in der Mitte stand der Domina-Pranger, dahinter ein King-Size-Bett. Überall hingen Bondageseile, Peitschen und andere Accessoires, deren Zweck

Rosi nur erahnte. Sie blickte auf Erwin, der ihre Erregung übersah, so wie er auch sie oft übersah.

»Glauben Sie an einen Zusammenhang mit der Lady im Zollhäuschen?« Rosi sah den Kommissar forschend an.

»Ich kann mich nur wiederholen. Wir sind erst am Anfang.«

»Da bin ich aber auf das Ende gespannt. Wie erfahren wir, was los war?«

»Wir sprechen uns sicher noch einmal, bevor Sie abreisen! Was haben Sie morgen vor?«

»Ich denke, wir fahren nach Mespelbrunn, mit dem Auto. Wenn wir schon einmal hier sind, sollten wir uns zumindest das Wirtshaus im Spessart anschauen. Als ich auf dem Ortsschild Main-Spessart-Kreis las, fiel mir sofort der Film ein.« Rosi erzählte dem Beamten, wie sie sich immer gegruselt hatte, wenn die Räuberpistole nach dem Märchen von Wilhelm Hauff im alten Schwarz-Weiß-Fernseher lief. »Der Film wurde 1957 gedreht. Da bin ich geboren.«

»Donnerwetter, das hätte ich nicht gedacht!«

Rosi hob die Augenbrauen. Fettnäpfchenalarm! »Meinen Sie, dass ich mich gegruselt habe, oder mein hohes Alter?«

»Sie wirken einfach nicht wie sechzig plus. Ihr Mann ist sicher älter als Sie. Ups, ich bin indiskret. Bringt der Beruf so mit sich.«

»Nein, er ist ein paar Wochen jünger. Und wenn ich noch einmal in die Verlegenheit käme, mir einen Mann aufzuladen, sollte er deutlich jünger sein als ich.« »So wie ich?« »Maximal, eher noch ein paar Jahre weniger.« Erwin starrte wie immer auf sein Telefon. Er konnte das Knistern zwischen den beiden nicht wahrnehmen.

»Dann auf Wiedersehen. Vielleicht einmal ohne Leiche oder Tatort!«

Rosi reichte Maik Seidl die Hand und deutete einen Knicks an. Wenn das mal kein Angebot war! »Komm, Erwin. Wir fahren hoch zu dem Aussichtsturm da. Von oben haben wir sicher einen schöneren Blick auf die Mainebene!«

In der Wirtschaft orderte Rosi am Abend ganz selbstverständlich ein Glas Domina. Sie musste nicht einmal kichern, als sie ihre Bestellung aufgab.

Am Morgen stand Rikka Engel zusammen mit KHK Seidl und einem großen Präsentkorb vor der Tür. »Für die Unannehmlichkeiten, die Ihnen ein Stück wertvolle Zeit gestohlen haben«, erklärte die Frau von der Gemeindeverwaltung. »Und weil Sie uns bei der Aufklärung eines Mordes geholfen haben«, fügte der Kripobeamte an.

»Haben Sie den Fall gelöst?« Rosi schaute den Kommissar erwartungsvoll an.

»Ja, es war ziemlich einfach. Typisches Beziehungsdrama. Der Mann, dem der Weinberg gehört, lebte dort oben seine Vorlieben aus, während seine Frau mit vier Kindern zu Hause saß und vertrocknete. Irgendwann kam sie ihm auf die Schliche und ging selbst in den Weinberg, um sein Rendezvous mit dem blonden Engel zu verhindern. Die Geheimtür hatte sie vorher gefunden. Das Ergebnis haben Sie im Zollhäuschen entdeckt.«

Rosi wollte Gewissheit. »Vier Kinder, sagen Sie? Das war wohl die Frau, mit der Sie am Glaspavillon standen, als wir die Leiche entdeckt haben?«

»Bingo! Wie kommen Sie darauf?«

»Na, Sie sagten doch, dass die ihre Kinder früh in den Kindergarten und zur Schule bringt. Da habe ich ganz schnell eins und eins zusammengezählt. Wir Sachsen sind halt helle! Und der Mann? So ein dunkler Typ, Anfang vierzig?«

Seidl blickte sie an. »Sie werden mir unheimlich.«

»Er war mir unheimlich. Wir haben ihn in der Weinscheune und oben an der Kapelle getroffen. Fehlt nur noch die Domina, Herr KHK.«

»Eine geschasste Weinkönigin aus einer Weinlage ein paar Dörfer weiter.«

»Aber warum hat sie die Leiche in das Zollhäuschen gebracht?«, hakte Rosi nach.

»Ich fürchte, die Frage kann sie Ihnen nur selbst beantworten. Allerdings munkelt man im Ort, dass sie noch eine Rechnung mit den Christkindelhelfern offen hatte. Oder besser den Helferinnen. Ihr Herr Gemahl hat wohl auch dort ein paar Gespielinnen. Vielleicht sollte es eine Abschreckung sein.«

Nachdem sich Frau Engel und der Kriminalhauptkommissar verabschiedet hatten, warf Rosi einen Blick auf den Inhalt des Geschenks. Neben fränkischer Metzgerkunst ragte etwas hoch aus dem Korb. Himmelstadter Domina, das war ihr sofort klar. »Guck mal, wir haben einen Gutschein für die 1200-Jahrfeier bekommen. Eine Woche Himmelstadt mit Teilnahme an der Jubiläumsparty. Den Termin müssen wir uns freihalten«, sagte Rosi und dachte zuerst an Domina und dann an den Beamten.

Elmar Tannert

Der Prediger auf dem heiligen Berg

»Erst vierunddreißig Jahre ist der alt gewesen? So jung hätte ich den gar nicht geschätzt. Wirklich noch kein Alter zum Sterben«, kommentiert Christoph Droll, und dies erstaunlich gelassen angesichts der Tatsache, denkt Kommissaranwärterin Silke Hartlieb, dass es sich um eine Leiche aus seinem eigenen Keller handelt. Es würde sie nicht wundern, wenn er nicht schon mindestens einen Frühschoppen intus hätte. In der Gegend saufen sie doch alle von morgens bis abends, vor allem die Winzer.

Als sie im Sommer zur Mordkommission Würzburg versetzt worden war, hatten ihr die Freunde zum Abschied ein antiquarisches Buch über Weinbau geschenkt; damit müsse sie sich ja jetzt wohl befassen. Bemerkenswert an dem Buch fand sie vor allem, dass der Verfasser, ein Winzer natürlich, einen Konsum von täglich zwei bis drei Flaschen Wein als völlig normale Menge bezeichnete – Richtwert sozusagen. Allerdings stammte das Buch aus den Siebzigern, heute war es vielleicht nicht mehr so schlimm. Und nun sitzt sie mit ihrem Ausbilder, Hauptkommissar Hornung, bei genau so einem Typen, der mutmaßlich selbst sein bester Kunde ist und noch nie davon gehört hat, dass man zum Frühstück auch mal Kaffee trinken kann, in der Degustationsstube.

»Also näher gekannt hast ihn wohl nicht, den Herrn ...«, Hornung nimmt noch einmal den Pass zu Hilfe, »... Zachary Parker Cunningham?«

»Gekannt schon. Aber nicht näher. Der war gestern auf der Tagung mit dabei, auf dem Schwanberg oben, wo ich am Abend eine Weinverkostung gemacht hab. Übrigens, da hab ich einen Silvaner dabeigehabt, den musst unbedingt probieren. – Momentla, bin glei widder doo.«

Die letzten fünf Worte sind mehr an Silke Hartlieb gerichtet, vielleicht der konsternierten Miene geschuldet, mit der sie die Vertraulichkeit zwischen ihrem Chef und dem – nun ja, doch wohl dringend Tatverdächtigen zur Kenntnis nimmt. Immerhin konnte hier zumindest ein Fall von fahrlässiger Tötung vorliegen, oder nicht? Fragend blickt sie ihren Vorgesetzten an.

»Denk dir nix«, sagt der. »Der Christoph und ich kennen uns schon ewig. Wir waren in Kitzingen im selben Abijahrgang.«

»Und sind beide in der 9. Klasse sitzengeblieben«, ergänzt Droll, der mit drei Gläsern und einer Flasche an den Tisch zurückkommt. »Derf dei Azubine aa was trink?«

Die klassische Situation, in der man als Frau einen lockeren Spruch auf den Lippen haben müsste, um nicht als Zicke zu gelten. Irgend so einen Blödsinn wie »Flotte Bienen naschen gern vom Traubennektar – aber nicht, wenn sie als Azubienen im Dienst herumschwirren, haha!« Aber dazu ist ihr nicht im Mindesten zumute. Gelogen wäre es außerdem. Sie macht sich nicht viel aus Wein.

»Also, du machst dann die Rückfahrt, Silke«, entscheidet Hornung. »Aber a bissala was geht scho. Auch für die Silke. Wir probieren ja bloß.« Schnuppernd lässt er den Wein im Glas kreisen, nimmt einen Schluck. Sie nippt.

»Mein erster Silvaner ohne Reinzuchthefen«, kommentiert Droll. »Spontangärung. Da gehst natürlich immer ein gewisses Risiko ein. Holst aber noch mehr Charakter raus. Von dem hab ich gestern auch was dabeigehabt. Aber des war Perlen vor die Säu gschmissen.«

Silke Hartlieb beschließt, am Ball zu bleiben.

»Die Tagung gestern auf dem Schwanberg, worum ging es denn da genau?«

Droll wirft Hornung einen Blick zu, wie um sich zu vergewissern, dass er auf die Frage auch wirklich antworten muss.

»Ist wichtig, Christoph«, bestätigt Hornung. »Aber bevor wir's vergessen – von dem Silvaner würd ich mir nachher einen Karton mitnehmen.«

***

Ehe das unbeseelte Fleisch des Zachary Parker Cunningham im Gärkeller des Winzers Christoph Droll zum Gegenstand von Spurensicherung und Gerichtsmedizin geworden war, hatte sich seine Predigt auf dem heiligen Berg um genau das gedreht – Fleisch. Er hatte im Kleinen Saal von Schloss Schwanberg über die Umweltprobleme referiert, die die Fleischerzeugung mit sich bringt, über den Zusammenhang zwischen Viehhaltung und Treibhausgasen, über die Verwerflichkeit der Massentierhaltung und über die Ressourcenverschwendung – man bedenke, dass für 1 kg Rindfleisch 10 kg Getreide und 15.000 Liter Wasser aufgewendet werden müssen –; und gerade angesichts der rückläufigen Ernten in den letzten Jahren müsse man darüber nachdenken, ob man Getreide weiterhin als Viehfutter verschwenden wolle. Er wäre indessen ein schlechter Prediger gewesen, hätte er nicht seinem Publikum, das sich aus sogenannten Risikokapitalgebern sowie Vertretern der mittelständischen Lebensmittelindustrie und des Lebensmittelhandels zusammensetzte, auch eine Lösung anbieten können, die sein Startup *MeatPerfect,* gegründet mit seinem deutschen Kompagnon Lars Heidenreich, auf den Markt zu bringen gedachte.

Nun ist künstlich gezüchtetes Fleisch an sich nichts Neues. Die Medizin kennt schon seit einiger Zeit Herzklappen, Ohrmuscheln und weitere Ersatzteile für den Kundendienst am scheckheftgepflegten Menschen, die aus Stammzellen heranwachsen. Relativ neu hingegen ist die Errungenschaft, Kunstfleisch aus tierischen Stammzellen zu züchten, in das man hineinbeißen kann, ohne es angewidert wieder auszuspucken, und dazu hatte Zachary Parker Cunningham einen maßgeblichen Anteil beigetragen.

***

»Das war so ein Businesstreffen«, sagt Droll. »Aber hochkarätig. Hat man schon gemerkt, wenn man am Parkplatz vorbeigefahren ist. Bentleys, Jaguars, Mercedes und BMW, einer am anderen.«

»Businesstreffen?«, fragt Hornung dazwischen. »Ich denk, auf dem Schwanberg machen sie mehr so was wie Meditation, Heilfasten und Psychoworkshops?«

»Das ist ihr hauseigenes Programm«, bestätigt Droll. »Auch Seminare zu Abschied und Trauer, seit sie da oben den Friedwald haben. Aber du kannst dir auch einen Tagungsraum mieten, mit Catering und allem Drum und Dran, und deine eigene Veranstaltung durchziehen.«

Da betritt Dr. Theuerkaufer den Raum. Die Ansammlung von Weingläsern auf dem Tisch scheint ihn keineswegs zu irritieren; vielmehr macht er den Eindruck, findet Silke Hartlieb, als würde er sich ebenfalls gern einen Schluck genehmigen.

»Christoph, lass uns mal einen Augenblick allein«, bittet Hornung, und Droll meint, er hätte ohnehin noch a Fläschla holen wollen.

Das vorläufige Ergebnis der Leichenschau ist schnell referiert.

»Keine Spuren von Gewaltanwendung, abgesehen von den Schürfwunden, die man sich zuzieht, wenn man ohnmächtig zusammensackt und auf dem Boden aufschlägt. Auch gibt es keine Anzeichen dafür, dass ein Kampf stattgefunden hat. Spricht momentan alles für eine ganz normale CO_2-Vergiftung, allein schon die bläulich verfärbte Haut. Die nächsten Tage kriegst meinen Bericht.« Ein nervös blinzelnder Blick auf die Uhr. »Fast elf schon wieder? Ich muss weiter.« Das Degustationsensemble auf dem Tisch betrachtet er noch einmal mit leisem Bedauern. »Man sieht sich!«

Bleibt also zu klären, wie Cunningham in den Weinkeller geraten ist. Und ebenso, ob die Ventilationsanlage ordnungsgemäß funktioniert, respektive warum sie offenbar gar nicht in Betrieb war. Vornehmlich zur Bremserzeit sind Weinkeller gefährliche Orte, hat Silke Hartlieb gelesen, und zufällig *ist* gerade Bremserzeit. Da entsteht Gärungskohlensäure in großen Mengen und staut sich, weil schwerer als Luft, im Keller. Kurze Benommenheit, Schwindel, Atemnot, und bevor man kapiert hat, was los ist, ist man auch schon umgefallen und hin, was in gewissem Sinn der Bremserwirkung entspricht: Sobald man die ersten Anzeichen von Trunkenheit bemerkt, ist eigentlich schon alles zu spät.

Droll kehrt zurück, natürlich mit einer Flasche, darin, wie er sagt, ein ganz besonderer Tropfen von seiner Schwanbergsüdlage, den sie unbedingt probieren müssten. Bloß a Schlückla, versteht sich. Hornung schnuppert.

»Du hast dir, scheint's, wieder Holzfässer angeschafft?«

Trinkt einen Schluck.

»Fast eine Spur zu dominant, der Mandelton im Abgang«, befindet er schließlich. »Obwohl ... andererseits ... ist aber kein Silvaner, oder?«

»Doch. Im neuen Holzfass ausgebaut. Entgegen allen Regeln. Soll man nämlich grad beim Silvaner nicht machen. Aber das ist ein kräftiger. Südlage. Keuper mit Muschelkalk. Der kann's vertragen, hab ich mir gedacht.«

»Kaum hast vom Vater übernommen, hat dich schon die Experimentierwut gepackt.«

»Ich mach das nicht bloß, damit ich's anders mach. Die Leute meinen halt immer, ein Silvaner, das ist ein geradliniger, schnörkelloser Wein. Viele wissen gar nicht, wie empfänglich der ist. Das fängt ja schon beim Boden an. Aus einem reinen Muschelkalk kriegst einen ganz anderen Silvaner, als wenn du Keuper oder Buntsandstein mit drinnen hast. Dann das Mikroklima. Das ist überall anders. Aber man kann das Spektrum immer noch erweitern. Deshalb hab ich auch wieder mit der Spontangärung angefangen. Die Leute wissen noch viel zu wenig, wie vielschichtig ein Silvaner sein kann.«

»Von dem könntest mir aber nachher auch a paar Fläschla einpacken. Du hättest schon längst einmal eine Leiche im Keller haben sollen. Oder wie findest du den Wein, Silke?«

Die hat unterdessen ihren Blick durch den Raum schweifen lassen. Zwischen den beiden Fenstern, die den Blick auf den herbstlich leuchtenden Schwanberg freigeben, hängt eine Porträtaufnahme von Theodor Heuss, dazu ein Zitat: »Wer Wein trinkt, betet, wer Wein säuft, sündigt.« Mag sein, denkt sie, dass Droll Experimentierfreude hat, aber auf seine Weinprobierstube hat er sie garantiert nicht ausgedehnt. Sollte Heuss tatsächlich einmal hier gewesen sein und käme jetzt als Wiederauferstandener herein, er würde das Interieur sofort wiedererkennen.

»Wirklich ganz prima«, sagt sie rasch, ohne sich indes zu bemühen, den nötigen Enthusiasmus in ihre Stimme zu legen. Wie gesagt, sie macht sich nicht viel aus Wein, aber immerhin scheint er ihr zu helfen, die ihr eigene Zielstrebigkeit und Entschlossenheit zurückzugewinnen. »Apropos Leiche im Keller«, sagt sie also, »was war heute Vormittag? Herr Cunningham hat Sie offenbar aufgesucht – warum? Einfach nur als Kunde? Oder waren da andere Dinge im Spiel?«

Hornung muss an früher denken. An die 11. Klasse, genau gesagt. Da hatten sie eine Geschichtsreferendarin gehabt, die hat der Drolli in den Wahnsinn treiben können. Wenn sie ihn nach dem Reichstagsbrand gefragt hat, hat er bei der Französischen Revolution angefangen. So ungefähr. Und hat sich dabei den blonden Haarschüppel genauso wie jetzt übers linke Auge rutschen lassen.

»So weit waren wir ja noch gar nicht gekommen. Erst noch einmal zurück zu diesem Geschäftstreffen auf dem Schwanberg.« Droll rekapituliert Cunninghams Predigt, verabsäumt zwischendurch nicht, einen weiteren Silvaner zu kredenzen, Großes Gewächs 2008, und über das unterschätzte, wenn nicht gar verkannte Alterungspotenzial des Silvaners zu referieren. Schließlich erreicht er das Jahr 2013, das Jahr, in dem der erste Burger aus Muskelgewebe gezüchtet wurde, mithilfe einer Investition von 325.000 Dollar aus der Portokasse von Google-Gründer Sergey Brin.

»Das Problem war nur, dass der Laborburger niemandem geschmeckt hat.« Droll schenkt noch einmal vom 2008er nach. »Ist auch kein Wunder, wenn ihr mich fragt. Hat zu keinem lebendigen Rind gehört, war auf keiner Weide, hat kein Gras gefressen. Ich sag's euch, wenn man das

Fleisch heutzutage noch so erzeugen würde, wie unsereins den Wein macht – dann wüssten wir noch, dass jedes Stück Vieh von jedem Bauern anders schmeckt. Vielleicht würden wir sogar merken, dass auch beim Vieh jeder Jahrgang anders ist. Und wenn wir noch den gleichen Fleischkonsum hätten wie unsere Urgroßeltern, dann brauchten wir auch keine Massentierhaltung. Aber Fleisch kann halt jeder so viel in sich reinstopfen, wie er will. Beim Wein ist das anders. Den kannst net jeden Tag literweis in dich reinschütt. Derf ich euch noch was einschenk?«

»Der Cunningham«, erinnert Silke Hartlieb und hält sicherheitshalber die Hand über ihr noch nicht geleertes Glas. Falls man behaupten kann, dass es Menschen gibt, die ziemlich genaue Gegensätze zueinander darstellen, dann waren mit Droll und Cunningham zwei solche Gegensätze aufeinandergetroffen.

»Genau, der Cunningham, dieser kalifornische Biotechnochemiker oder was der ist, der hat's geschafft, da einen Geschmack reinzukriegen. Der war erst eine Zeit lang in San Francisco bei *Perfect Day Foods,* wo sie Milch ohne Kuh künstlich herstellen, hat da an der Geschmacksoptimierung gearbeitet, und dann hat er mit Kunstfleisch experimentiert, bis es nach was geschmeckt hat. Patentiertes Verfahren, streng geheim. Letztendlich wird es auf so eine Trickserei wie beim Erdbeerjoghurt hinauslaufen, wo alles Mögliche drin ist – bloß halt keine Erdbeeren. Schmeckt man ja auch. Aber du hättest den gestern hören sollen: ›Wir können alles – Lamm, Rind, Schwein, Geflügel! Völlig naturgetreu!‹ In dem Moment haben alle Augen geleuchtet, und man hat die künftigen Werbekampagnen schon darin lesen können – ›Gönn dir den Gutes-Gewissen-Pichelsteiner mit dem unverfälschten Geschmack!‹«

»Da möchte ich Sie nur noch eines fragen, Herr Droll.«
Silke Hartlieb nimmt ihren letzten Schluck vom 2008er
Silvaner. Irgendwo in ihrem Weinbuch war dringestanden,
dass Wein ein lebendiges Produkt ist – und dass lebendige
Produkte den Menschen inspirieren. Vielleicht machte sich
ja bei ihr bereits eine Wirkung bemerkbar. »Wie haben eigentlich dem Herrn Cunningham Ihre Weine geschmeckt?«

***

»Great wine! Awesome! Vor allem die Gewürztraminer!«
Es klang allerdings mehr wie Gjuwöödsträmina. Droll spürte eine kumpelhafte Hand auf seiner Schulter. »Ich denke,
morgen nach die Frühstück, ich werde haben genug Zeit für
eine Besuch bei Ihnen.« Er hielt bereits Drolls Visitenkarte
in der Hand, tippte den Namen des Weinguts, über dem die
freundliche Aufforderung »Vorbeikommen und genießen!«
prangte, in sein Smartphone ein und scrollte sich Sekunden
später durch Fotos von der letzten Weinlese, von fröhlichen
Degustationsrunden und diversen Ansichten von Drolls Anwesen. Rot leuchteten die Fachwerkbalken unter strahlend
blauem Himmel. »That's great! Wirklich Ihre Gebäude?«
Cunningham scrollte zum nächsten Bild. »Ihre Weinkeller?«
Droll nickte. Spätestens jetzt wäre angesichts der geradezu
kindlichen Freude, die Cunningham über die historischen
Baulichkeiten an den Tag legte, jeder Hinweis darauf, dass
er auch direkt hier und jetzt Wein einkaufen könne, verge-
bens gewesen.

Diese Leute machten es einem nicht leicht, auf sie böse
zu sein. Droll betrachtete die businessuniformierten Menschen, die in Grüppchen beisammenstanden. Sie waren auch
schwer zu fassen. Keiner fiel aus dem Rahmen. Die Frisu-

ren saßen perfekt auf den Köpfen, die Anzüge und Kostüme perfekt auf den Leibern. Alle wollten sie nur das Beste, und das bedeutete mindestens, die Menschheit zu retten und sie zu beglücken obendrein. Darunter machten sie es nicht. Die Weltbevölkerung muss durchgefüttert werden? Wir sorgen dafür. Fleischproduktion ist umweltschädlich? Wir machen sie umweltfreundlich. Tiere essen ist böse? Dann züchten wir eben Fleisch ohne Tier. Droll schenkte sich ein Glas von seinem wildvergorenen Silvaner ein und spann seine Gedanken weiter. Was tun die da eigentlich?, sinnierte er. Genau genommen nichts anderes, als mit Technik Schäden zu begrenzen, die es ohne Technik gar nicht gäbe. Technische Lösungen für Probleme anzubieten, die durch Technik entstanden sind, sich damit eine goldene Nase zu verdienen und sich auch noch als wohlmeinende Retter der Menschheit aufzuspielen. Merkwürdig, dachte Droll, manchmal hatte er sich selbst schon als eine Art – nein, nicht Retter –, als eine Art Bewahrer gesehen, Bewahrer einer kleinen Welt, eines kultivierten Stücks Natur, einer Tradition, die vom Untergang bedroht ist, die gepflegt werden muss, damit sie nicht untergeht. Droll spürte das vage Verlangen, einen über den Durst zu trinken; die eigentliche Weinprobe war vorüber, und er musste nur noch zum Nachschenken und Verkaufen zur Verfügung stehen. Er wollte sich das Gefühl wegtrinken, als museales Objekt hier anwesend zu sein. So wie im Freilandmuseum, wo samstags und sonntags von fünfzehn bis siebzehn Uhr eine alte Bäuerin in ihrer Tracht vor einem Spinnrad oder einem Klöppelrahmen sitzt und ihre Fertigkeit, einst selbstverständlicher Teil des Lebens, wie eine Zirkusnummer vorführt. Ja, so sah man ihn hier wahrscheinlich – als eine Art museale Zirkusnummer. Oder einen Reservatindianer, der für Touristen einen Regentanz aufführt.

»Herr Droll?«

Cunningham stand vor ihm und bat ihn um ein weiteres Glas vom Gjuwöödsträmina. Droll schenkte ein. Cunningham nahm genießerisch einen Schluck.

»Das wird eine echte – äh – challenge – wie sagt man deutsch – eine –«

»Herausforderung«, half Droll reflexartig.

»Ja, Herausforderung.« Es war schwer zu unterscheiden, ob Cunningham mehr auf dem Wort oder auf dem Gewürztraminer herumkaute.

»Ich meine, dieser Wein hat viele Farben, nein, nicht Farben – also, wie Blätter im Herbst, eigentlich haben viele die gleiche Farbe, gelb oder orange, aber jedes Blatt hat die Farbe ein wenig anders, you know, eine andere –«

»Schattierung«, half Droll ein weiteres Mal.

»Ja, Schattierung. Und genau so ist Ihre Wein – mit viele Schattierungen! Ich bin Fachmann, ich schmecke das. Und dass man eine solche Wein genau so hinkriegt – das ist more difficult als Lammfleisch! Aber – ›wir schaffen das‹! Prost!«

Cunningham strahlte. Seine andere Hand war zur Faust geballt, mit nach oben gerecktem Daumen. Irgendwo blitzte es. Jemand schoss wohl gerade ein Foto von diesem unvergesslichen Augenblick und verwandelte Droll in einen Souvenirwinzer auf Facebook und Instagram.

***

Zum ersten Mal an diesem Vormittag schenkt Droll sich selbst ein und fährt nach einem Schluck vom 2008er Silvaner fort: »Aber wisst ihr, ich seh das so: Heute macht dir die Technik ein Angebot, morgen fängt sie an, alles andere zu verdrängen, und übermorgen hat sie das Monopol, weil sie nix übrig gelassen hat. Das heißt, wenn die so weitermachen, gibt's übermorgen kein Stück Vieh mehr im Stall und auf der Weide. Und zum Kunstfleisch nur noch Kunstwein. Ich mein, da passt meiner dann eh nimmer dazu. Na ja. – Jedenfalls, wie dann der Cunningham heut früh aufgekreuzt ist und gemeint hat, ob er sich alles mal anschauen kann, das ›wonderful historical building‹ und den alten Weinkeller, da hab ich zu ihm gesagt, er soll ruhig schon einmal vorausgehen in den Keller, ich komm in ein paar Minuten nach.«

»Und haben dann die Belüftungsanlage abgeschaltet«, ergänzt Silke Hartlieb. »Falls sie überhaupt in Betrieb war.«

Droll gibt ein vages »hmmm« von sich und dreht wie selbstvergessen sein Weinglas in der Hand.

»Und haben sich vergewissert«, fährt sie fort, »dass Cunningham die Tür hinter sich zugezogen hat.«

»Langsam, Silke, langsam«, interveniert Hornung. Auch er bleibt von der inspirierenden Kraft des Weins nicht unbeeinflusst. »Noch einmal von vorn: Der Cunningham ist angekommen, hat kurz bei dir reingeschaut, Christoph, und hat gesehen, dass du grad am Telefonieren bist. Da hat er gesagt, er geht schon mal in den Keller und schaut sich ein bisschen um. So weit ist das klar. Dass die Belüftung noch gar nicht eingeschaltet war, daran hast du in dem Moment überhaupt nicht gedacht. Erst nach dem Telefonat ist es dir siedend heiß eingefallen – ›um Gottes willen, der Cunningham!‹ Aber da war's dann halt schon zu spät. Ich mein, so könnt's doch gewesen sein, oder?«

Droll nimmt sein Glas in die Hand, hält es ins Sonnenlicht und betrachtet den Wein, als registriere er zum ersten Mal das schillernde Farbenspiel aus tausenderlei Grün,

Gelb und Gold, und wenn man hinübersieht zum oktober-
farbenen Schwanberg, könnte man denken, alle seine Farb-
nuancen hätten ihren Weg in dieses eine Glas gefunden.

»Da hast du ganz recht«, sagt er sinnierend und lässt die
funkelnden Farben mit einem Schluck in sich verschwinden.»So könnte es allerdings *auch* gewesen sein.«

Kerstin Waas

Der Prichsenstädter Schwedenschimmel

10. September 1878

»... wo Tann' und Fichten steh'n am Waldessaum, verlebt ich meiner Jugend schönsten Traum ...«

Am Brunnen vor dem Rathaus intonierte der Männergesangsverein das *Schwarzwaldlied* zu Ehren des hohen Besuchs, der ein leidenschaftlicher Jäger war. Ein Sonnenstrahl verirrte sich hinter das Brillenglas eines Sängers und blendete ihn. Der Mann kitzelte seinen Schnäuzer, um ein Niesen zu unterdrücken.

Eine Abordnung der örtlichen Vereine flankierte die Reitergruppe aus hochrangigen Soldaten. Die Bürger des Städtchens drängten sich auf dem Marktplatz und schwenkten Lampions zur Begrüßung.

Seine Königliche Hoheit besuchte das Herbstmanöver der bayerischen Armee vor den Toren der Stadt. Fünf Tage lang würde Prinz Luitpold von Bayern mit seinem Gefolge im Gasthaus *Zum Storch* Quartier beziehen, und Prichsenstadt stand Kopf.

Fernab von dem Gewese um Prinz Luitpold dirigierte Andreas Bäumler, seines Zeichens Rittmeister der Truppen, sein Pferd in den Handelsstall des Storchenwirts. Der war in einem Anbau auf der rückwärtigen Seite der Gastwirtschaft untergebracht.

»Schlaf gut, Halisha«, flüsterte er der braunen Stute im Hinausgehen zu, doch weit kam er nicht.

Im Dämmerlicht – er fragte sich, wie lange er gebraucht hatte, um sein Pferd zu versorgen – sah er jemanden, der sich neben der Hintertür der Wirtschaft an einem Weinfass zu schaffen machte und dabei immer wieder verstohlen über die eigene Schulter blickte. In eine Fassdaube waren die Buchstaben M und K gebrannt. Wind kam auf und wirbelte trockenes Weinlaub um die schweren Stiefel des Mannes.

Bäumler kam die Sache merkwürdig vor und er duckte sich in die Schatten. »Da drüben sind die Stallungen, Soldaten, hier entlang.« Die Stimme eines von Bäumlers Kameraden übertönte den Wind und erschreckte den Mann in dem langen schwarzen Mantel am Weinfass. Er wandte den Kopf in Bäumlers Richtung, suchte nach einem Versteck.

Das Herz des Rittmeisters verwandelte sich in einen Eisklumpen, als er in das bekannte Gesicht blickte. »Bei Gott«, flüsterte er in den Wind hinein. »Martin Pfeiffer!«

An seinem Hals trat ein Muskelstrang hervor.

Die Zimmer für den Prinzen und seine Begleitmannschaft befanden sich im ersten Stock des Gasthauses. Die Storchenwirtsleute ließen es sich nicht nehmen, den hohen Herrschaften die Räumlichkeiten persönlich zu zeigen.

Als Andreas Bäumler seine Stiefel vor die Tür stellte, traf er auf den Major.

»Sie sind ganz grün im Gesicht, Rittmeister. Ist alles in Ordnung mit Ihnen?«

»Ich habe mir bei der Mittagsrast den Magen verdorben, Herr Major, das geht vorbei.«

»Kein Wunder bei der Kaschemme. Aber ich habe gehört, der Koch des *Storchen* soll ein Meister seines Faches sein. Und für den Fall, dass Sie keinen Bissen hinunterkriegen, halten Sie sich an das Bier. Der Wirt ist der größte Bierbrauer am Ort und beherrscht seine Kunst, habe ich mir sagen lassen.«

»Ich werde Ihren Rat beherzigen. Zuvor aber lege ich mich noch ein Stündchen aufs Ohr«, erwiderte Rittmeister Bäumler und zog sich zurück.

Schlag acht betrat Seine Königliche Hoheit die Gaststube.

»Gott zum Gruße.« Prinz Luitpold fuhr sich durch den Bart, nahm seinen Trachtenhut mit dem Gamsbart darauf ab und nickte in die Runde.

Trotzdem oder gerade weil Heinrich Geisendörfer, der Wirt, alle Honoratioren der Stadt und den Adel aus der Umgebung in den *Storchen* eingeladen hatte, trug der Prinz seine Jagdmontur.

»Gott zum Gruße, Königliche Hoheit«, erwiderte Geisendörfer den Gruß und führte den hochherrschaftlichen Besuch an den Ehrentisch aus schwerer Eiche im linken Teil des Gastraumes, direkt vor der Theke.

»Sehen Sie sich das Lüsterweibchen an, meine Herren. Eine Meerjungfrau!« Prinz Luitpold deutete auf den Kronleuchter, bevor er sich setzte. »Das ist wahre Handwerkskunst.«

Die Dame trug ein grünes Kleid, hatte einen Fischschwanz und rotbraunes Haar. Ihr geschnitzter Leib saß auf zwei Geweihstangen, an die die Kerzenhalter geschraubt waren.

Die Soldaten nickten beiläufig, ihr Interesse galt eher den schäumenden Bierkronen auf den Krügen, die eine Bedienung heranschleppte. »Das ist auch gute Handwerksarbeit«, flüsterte einer, die anderen grinsten. Einzig Andreas Bäumler blickte finster drein.

»Heute hat er wieder einen dieser Tage«, wisperte einer der Soldaten hinter vorgehaltener Hand. »Da spricht man ihn besser nicht an.«

Die Bedienung drängte sich mit einer grün-weißen Porzellanterrine voll dampfender Leberknödelsuppe zwischen die Uniformierten. Sie ersparte dem Rittmeister damit einen Kommentar, denn er hatte genau gehört, was seine Kameraden über ihn gesprochen hatten.

»Eine schöne Wirtschaft habt Ihr, junges Fräulein«, lobte der Prinz über den Tisch hinweg.

»Ich freu mich, wenn es Ihnen gefällt, Hoheit. Der Vater hat eigens für Sie dieses feine Geschirr angeschafft«, erzählte sie freimütig. Sie lachte und zeigte ihre Hände vor. »Sehen Sie, ich habe immer noch Blasen vom Polieren der Holzvertäfelung. Darin können Sie sich jetzt beinahe spiegeln.«

»Ich sehe schon, dass Sie sich viel Mühe gemacht haben. So sauber findet man eine Gastwirtschaft selten vor.«

»Sonst hätte uns mein Vater aber auch was erzählt«, sagte sie, und der Prinz lachte. Luise Geisendörfer zupfte an dem schwarzen Samtband, das ihren geflochtenen Haarkranz an Ort und Stelle hielt.

»Ein fesches Mädel«, meinte einer der Soldaten anerkennend, als sie sich in ihrem engen Mieder über dem weitschwingenden Rock vom Tisch entfernte. In ihrer schlichten schwarzen Tracht, deren Saum mit einem Blättermuster bestickt war, sah die junge Frau tatsächlich hinreißend aus.

»Lassen Sie das bloß nicht den jungen Keßler hören«, tönte es vom Nachbartisch herüber. Soweit man wusste, sollte heute Abend die Verlobung der schönen Wirtstochter mit dem hiesigen Winzer Keßler bekannt gegeben werden. Sein Winzerhof befand sich auf der anderen Seite der Hauptstraße, in der Schmiedgasse.

»Ach was, in dieser Angelegenheit ist noch nicht das letzte Wort gesprochen«, mischte sich Martin Pfeiffer ein.

»Meinst du, Nachtwächter? Fragen wir doch den glücklichen Bräutigam, er kommt gerade zur Tür herein ...«

Rittmeister Bäumler saß dem Prinzen zugewandt. Deshalb konnte er das Gespräch zwar verfolgen, aber die Sprechenden nicht sehen. Jetzt drehte er sich zur Tür. Zunächst sah er bloß drei Weinkisten, die aufeinandergestapelt den Träger verdeckten; nur eine grüne Hose guckte unten heraus.

Heinrich Geisendörfer kam herbei und nahm seinem Schwiegersohn in spe zwei der Kisten ab.

Der junge Winzer zitterte wie Espenlaub und tat dem Rittmeister beinahe ein wenig leid.

»Schaut ihn doch an«, zischte eine Stimme am Nebentisch. »Luise täte gut daran, sich die Heirat mit diesem Jammerlappen noch einmal durch den Kopf gehen zu lassen.«

Der Rest der Unterhaltung ging im Geschirrgeklapper unter. Die Bedienungen servierten den Hauptgang, einen köstlichen Rehbraten mit dunkler Soße, dazu gab es Klöße.

Als die Teller abgeräumt waren, nahm der Winzer seinen Mut zusammen. Er bewaffnete sich mit einer Flasche Weißwein, einem Glas und einem Korkenzieher und trat an den herrschaftlichen Tisch.

»Königliche Hoheit, Prinz Luitpold, darf ich um Ihre Aufmerksamkeit bitten? Sie würden mir eine große Freude machen, wenn Sie meinen Wein verkosten würden.«

Auf Keßlers Stirn glänzten Schweißtropfen.

»Aber gerne doch. Wenn ihr in Prichsenstadt nur halb so guten Wein ausbaut, wie ihr Klöße macht, bin ich zufrieden.« Prinz Luitpold lachte, aber Michael Keßler brachte keinen Ton heraus. Umständlich entkorkte er den Wein, goss ihn ein und stellte die angebrochene Flasche so ab, dass dem Prinzen das Etikett gleich ins Auge springen musste.

»Ich werd verrückt, da machen Sie mir aber eine ganz besondere Freude, mein lieber Mann«, sagte der Prinz, als er sein Konterfei entdeckte. »Ich sehe gut darauf aus, was meinen Sie, meine Herren?« Er erhob sich und zeigte die Flasche überall herum.

Durch den Beifall des Prinzen wurde Keßler ruhiger. »Ich darf Ihnen meinen weißen Gutedel ›Prinz Luitpold‹ servieren, den ich eigens für Sie kreiert habe. Bitte beachten Sie die waldigen Nuss-Aromen, die gut zu Ihrer Jagdleidenschaft passen.«

Mit großer Geste reichte er dem Prinzen das Weinglas.

»Haben Sie vielen Dank«, antwortete der mit einem Lächeln und führte das Glas an seine Lippen. Dann war die Katastrophe da. Prinz Luitpold spie den Wein über den Tisch.

»Mit Verlaub, meine Herren, der Schoppen schmeckt nach Eselspisse.«

Michael Keßler erstarrte zum Denkmal. Die Storchenwirtsleute stürzten herbei.

»Wie? Das kann doch nicht sein! Was ist da los, Michl?«

Heinrich Geisendörfer schenkte sich ein Maulvoll vom Gutedel ein und probierte. »Bei meiner Seele, Michl, der Wein schmeckt schlimmer als Essig.« Leiser fügte er noch hinzu: »Mich so zu blamieren! Ich bin sprachlos. Die Hochzeit kannst du dir gleich aus dem Kopf schlagen.«

Prinz Luitpold, der jedes Wort verstanden hatte, mischte sich ein. »Aber kommen Sie, wegen dieses Missgeschicks brauchen Sie dem jungen Mann doch nicht die Hand Ihrer Tochter zu verwehren.«

Heinrich Geisendörfer sah nicht aus, als ob er sich beruhigen würde, und Michael trug eine Leichenbittermiene zur Schau, die ihresgleichen suchte. »Gestern war alles noch in bester Ordnung, das schwöre ich. Da geht etwas nicht mit rechten Dingen zu ...«

»Das ist es«, rief die Wirtin laut aus und schlug sich mit der Hand vor die Stirn. »Der ominöse Reiter muss wieder umhergegangen sein! Und von seiner gespenstischen Erscheinung ist der Wein sauer geworden.«

Die Augen aller Anwesenden richteten sich auf Dorothea Geisendörfer; jemand schnappte geräuschvoll nach Luft. Zu lachen traute sich niemand. Luise rannte hinaus.

Andreas Bäumler beobachtete, wie der ihm so verhasste Pfeiffer der Wirtstochter nachschlich. Eine dunkle Ahnung stieg in ihm auf, von der ihm die Haare zu Berge stehen wollten.

»Bist du närrisch geworden, Dorothea? In der Gegenwart unserer Gäste von einem Gespenst zu faseln?« Geisendörfer wusste gar nicht mehr, wo er hinschauen sollte.

»Was sagen Sie da, verehrte Wirtin? Ein Gespenst geht um in Prichsenstadt?« Seine Königliche Hoheit stützte die Ellbogen auf dem Tisch ab und legte sein Kinn auf die verschränkten Finger.

Dorothea war nicht mehr zu bremsen. »Ja, Hoheit, seit ein paar Wochen taucht immer wieder ein Soldat auf einem gefleckten Schimmel auf, der durch unsere Straßen reitet. Er trägt eine blaue Uniform und hat einen Dreispitz auf dem Kopf. Wie aus dem Nichts taucht er auf, und genauso verschwindet er auch wieder. Zuletzt wurde er am Eulenturm gesehen.«

»Auf euren Geisterreiter trinken wir! Auf ihn und auf euer Bier, das in der Tat besser schmeckt als euer Wein.« Prinz

Luitpold lachte freiheraus und holte eine Münze aus seiner Tasche hervor. Auf ihr prangte der Reichsadler. »Hiermit lobe ich zehn Goldmark zur Belohnung für den aus, der mir den Geist bringt.«

Applaus und Gelächter brandeten auf.

»Und noch eine Goldmark extra für den Dreispitz.«

Andreas Bäumler lehnte am Gewände der Hintertür zum Hof hinaus. An der Zigarre in seiner Hand hatte er nur drei- oder viermal gepafft und sie dann vergessen; sie war längst erkaltet.

»Ein Geisterreiter! Ich möchte nur wissen, was sich hinter diesem Unfug verbirgt.«

Im Fenster über ihm ging Licht an und wieder aus. Er verharrte. Noch zweimal ging das so, dann bewegte sich drüben bei den Stallungen etwas an den Weinstöcken, deren Reben die Mauer hinaufwuchsen.

Jemand löste sich aus den Schatten, überquerte auf das Lichtzeichen hin den Hof und stieg direkt über Bäumlers Kopf die steile Außentreppe hinauf. Oben öffnete sich ein Fenster, und die Stimme einer Frau erklang. Den Geräuschen nach zu urteilen kletterte der Mann über das Fensterbrett zu ihr ins Zimmer hinein.

»Pfeiffer, der Hund. Damals schon hätte ich ihm den Hals brechen sollen«, dachte Rittmeister Bäumler und zog sich leise zurück.

In dieser Nacht war an Schlaf nicht mehr zu denken. Mit dem Morgengrauen kamen die Kopfschmerzen. Das Manöver würde heute ohne ihn stattfinden müssen. Gegen Mittag ließ der bohrende Schmerz hinter Bäumlers Schläfen endlich nach, und er schälte sich aus seinem schmalen Bett.

Knapp eine halbe Stunde später trat er auf die Straße. Er ging ein Stück in Richtung des Torturmes hin, der die Dächer der Stadt allesamt um ein Vielfaches überragte. Eine eiserne Wetterfahne zierte das Zeltdach, darunter befand sich die Wohnung des Stadttürmers.

Vor dem Traufseithaus, hinter dessen Wänden ein Schuhmachermeister seinen Geschäften nachging, blieb er stehen, um einer Kutsche Platz zu machen, die durch das Tor unter dem Turm in die Stadt holperte.

Auf dem Kutschbock der Wagonette erkannte der Rittmeister den Winzer Michael Keßler. Der lenkte sein Pferd zu einer Viehtränke vor einer Sattlerwerkstatt und brachte es dort zum Stehen.

Bäumler trat wie zufällig heran und wünschte einen guten Tag. Keßler hob die Hand zum Gruß; sein Blick verweilte einen Augenblick lang im Gesicht des Rittmeisters.

»Sie kenne ich doch«, sagte er. »Sie sind Rittmeister der Königlich Bayerischen und saßen gestern Abend am Tisch des Prinzen.«

»Und Sie sind der glücklose Winzer, dessen Wein, sagen wir, dessen Wein keinen besonderen Anklang fand.«

Keßler winkte ab. »Hören Sie auf, ich mag gar nicht mehr daran denken, Herr ...«

»Andreas Bäumler mein Name.«

Der Winzer streckte ihm die Hand hin. »Michael Keßler. Aber das werden Sie schon wissen. Den Namen eines Unglücksraben vergisst man nicht so schnell.«

»Ein schönes Pferd haben Sie da«, wechselte Bäumler das Thema und streichelte dem Tier mit den auffallend großen Augen über den eleganten Hechtkopf. »Vollblut?«

Keßler nickte. »Arabisch. Der Stammbaum reicht bis in die Zelte der Beduinen zurück.« Voller Stolz streichelte er der Stute über den Hals, deren weißes Fell über und über mit rotbraunen Pünktchen übersät war.

»Dieses Tier erscheint mir kaum geeignet, einen Karren zu ziehen. Es ist ja schmal wie ein Reh.«

Zum ersten Mal lächelte Michael Keßler. »Wenn man es meiner Druschinka auch nicht ansieht, hat sie doch die Kraft eines Bären, läuft so schnell wie ein Hase und ist trittsicher wie eine Gämse. Wollen wir wetten?«

Keßler lud Rittmeister Bäumler zu einer Ausfahrt ein.

Kaum hatten sie das Stadttor passiert, schnalzte er mit dem Peitschenschlag. Die Stute fiel in leichten Galopp. Mühelos zog sie die Kutsche über den Weg, der sich an der Stadtmauer entlangschlängelte. Sie überquerten die Straße und polterten über einen Hohlweg hinauf in die Weinberge. Oben angekommen rollten sie an einem Keller vorbei, der in den Hügel eingelassen war.

»Sehen Sie, dort ist der Eingang zu unserem Kühlkeller. Da unten lagert der Hopfen und wartet darauf, gebraut zu werden.«

»Sie sind auch Brauer?«

Keßler nickte. »In der Tat. Meine Familie braut seit Generationen Bier, und der Weinbau ist eigentlich nur eine Marotte von mir. Es gibt nicht mehr viele Weinbauern in der Gegend, sie haben wegen etlicher Missernten aufgegeben.«

Ein Stück weiter oben, auf dem Hügelkamm, parierte Keßler seine Stute durch, damit sein Gast die herrliche Aussicht genießen konnte.

Die beiden Stadttore säumten das Stadtbild, den Stadtkern begrenzte die Stadtmauer. Stattliche Anwesen wechselten sich mit kleineren Wohnhäuschen ab. Der Turm der evangelischen Kirche ragte in den Himmel. Rauch stieg aus den Schornsteinen der Wohn- und Geschäftshäuser.

Gemächlich trabte die Stute in die Stadt zurück. Als sie vor dem roten Tor des Winzerhofs anhielten, schwitzte Druschinka nicht einmal.

»Weil ich unsere Wette zweifelsfrei verloren habe, lade ich Sie zu einem Schoppen in Ihrer eigenen Weinschänke ein, Keßler.«

Der Winzer schlug ein. »Wenn Sie sich trauen, hole ich den Gutedel für uns. Ich verspreche Ihnen in die Hand, er schmeckt vorzüglich.«

»Das glaube ich Ihnen. Holen Sie ein Fläschchen davon.«

»Gehen Sie doch schon vor, ich schirre das Pferd noch aus. Durch die Stallungen gelangen Sie zum Weinkeller. Dort im Gewölbe lagern die besten Tropfen.«

Andreas Bäumler trat an die Ständer heran, aus denen ihm zwei Kaltblutpferde freundlich entgegenblickten. Schwere lederne Halfter mit massiven Eisenbeschlägen hingen an den Ständerwänden der Arbeitstiere. Von da führte ein Durchlass in der Sandsteinmauer in einen Gang ab.

Im Gegensatz zu dem Stalltrakt, der makellos sauber und aufgeräumt war, fand sich Bäumler jetzt in einem Anbau wieder, der vermutlich die Geschirrkammer war. In dem dunklen Raum hingen die Spinnweben von der Decke, in allen Ecken und Enden türmten sich die Gegenstände, alte Kleider moderten in einer Kiste vor sich hin, Werkzeug lag achtlos hingeworfen da, und ein Stapel Zeitungen wuchs vom Boden auf.

An einer Säule, die in der Mitte des Raumes stand und einen Teil der Deckenkonstruktion trug, hing auf der einen Seite ein unüberschaubares Gewirr von Lederriemen, auf der anderen ein Schlüsselbund.

»Was für ein Leichtsinn. Das sind wahrscheinlich die Schlüssel für das ganze Anwesen«, mutmaßte Bäumler. Beim Hinausgehen schweifte sein Blick noch einmal über die Unordnung. »Ich würde ihm eine baldige Hochzeit dringlichst empfehlen.«

Später, auf dem Heimweg, ärgerte sich der Rittmeister darüber, dass ihn der Wein, den sie in dem quadratischen Gewölbekeller des Winzers getrunken hatten, so redselig gemacht hatte. Nach dem zweiten Schoppen hatte er dem jungen Mann von seiner Schwester Barbara erzählt, die ihrem Leben fünf Jahre zuvor ein Ende gesetzt hatte. Und sogar den Grund und den Schuldigen hatte er genannt.

Beim Abendessen fasste Prinz Luitpold vom Lammbraten nach; in der Ecke saß einer und klimperte auf seinem Akkordeon.

»Bringen Sie noch eine Runde, lieber Wirt«, rief der Prinz und hob den tönernen Bierkrug hoch. Heinrich Geisendörfer zapfte frisches Bier und brachte die Bestellung mit einem zufriedenen Grinsen an den Tisch. Als Prinz Luitpold Geisendörfers selbst gebrautes Bier noch überschwänglich lobte, vergaß der Wirt beinahe seinen Groll gegen den Winzer.

»Mein Lieber, du siehst dich wohl schon als Hoflieferant«, neckte ihn seine Frau, die hinter der Theke stand.

»Träumen darf man ja ...«, antwortete er und wies auf den Bürgermeister, der um den Ehrentisch herumschlich wie eine Katze um eine Schüssel Milch: »Unser werter Herr Bürgermeister sieht in Gedanken auch schon den Zug in Prichsenstadt halten«, sagte er und spielte damit auf den dringlichsten Wunsch des Stadtoberhauptes an, das das

Städtchen unbedingt an die Eisenbahn angeschlossen sehen wollte und sich die Fürsprache Prinz Luitpolds erhoffte.

»Sei so gut, mach die Vorhänge zu. Der Mond leuchtet gar so hell herein.«

Dorothea tat, wie ihr geheißen. Am Fenster, die Vorhangschnur in der Hand, kreischte sie, als stünde draußen der Leibhaftige. »Da! Da ist er wieder!« Kreidebleich im Gesicht deutete sie auf die Scheibe. Draußen saß ein Reiter auf einem silbrigen Pferd. Er steckte in einer altertümlichen Uniform und hatte einen Dreispitz auf dem Kopf.

Im Gastraum brach Tumult aus, jeder wollte als Erster zur Tür hinaus. Sogar Seine Königliche Hoheit war aufgesprungen und lief auf die Straße.

Von dem Reiter aber war nichts mehr zu sehen. Prinz Luitpold starrte seinen Rittmeister ratlos an, als er den Trommelwirbel der Hufe eines fliehenden Pferdes hörte.

Bis sich der Prinz eine Stunde später empfahl, drehte sich das Gespräch am Tisch ausschließlich um die Gestalt.

»Ein Soldat auf einem Schimmel in einer Uniform, die an den Dreißigjährigen Krieg erinnert! Haben Sie so etwas Spinnertes schon einmal gehört, meine Herren?« Prinz Luitpold schüttelte Kopf und Vollbart. Leiser fügte er hinzu: »Die Leute reden von einer Spukgestalt, einem Schimmelreiter. Haben Sie so etwas Spinnertes schon einmal gehört, meine Herren?«

Die Soldaten schwiegen. »Na ja, ein wenig unheimlich ist das Ganze schon«, brachte einer mit belegter Stimme vor.

»Sagen Sie, Herr Geisendörfer«, wandte sich jemand an den Wirt, »ihr habt doch gewiss einen Nachtwächter in Prichsenstadt? Der müsste den Reiter doch längst gestellt haben.«

»Das stimmt wohl«, gab der Wirt zu und kniff seine Augen zusammen. »Der faule Hund schnarcht wahrscheinlich in seiner Kammer über der Judenschule in der Badgasse. Wir müssen ein ernstes Wort mit ihm reden.«

Lange nachdem sich die Soldaten in ihre Zimmer begeben hatten, stand Andreas Bäumler noch am Fenster und dachte nach. Als draußen wieder Lichtzeichen gegeben wurden, lief er die Treppe hinab und machte sich auf die Suche nach der jüdischen Schule. Die Eingangstür zu der Wohnung im Obergeschoss fand er schnell. Leise stieg er die Stufen hinauf und drückte probeweise die Türklinke der Wohnungstür runter. Sie gab nach. Auf Zehenspitzen schlich Bäumler in die Wohnung. Soweit er erkennen konnte, bestand sie nur aus einem spärlich möblierten Zimmer. Die Bettstatt vor dem einzigen Fenster war ungemacht, aber leer. Auf dem Nachttisch lag ein Haarband aus schwarzem Samt, mit Blättern bestickt. Zweifellos gehörte es zum Trachtenkleid der Wirtstocher Luise. Bäumler schnaubte und steckte es ein.

Zum ersten Mal in seinem Leben stahl der Rittmeister etwas. Er schmeckte Galle im Mund, als er die Tür leise hinter sich ins Schloss zog.

Auf dem Weg zurück zur Gastwirtschaft fasste er einen Entschluss. Dazu würde er, unter anderem, eine Menge von dem gepanschten Wein benötigen. Sein Weg führte ihn am Hauptgebäude vorbei zum Hinterhof des Anwesens. Dort, neben der Hintertür, befand sich immer noch das Weinfass mit den Initialen des Winzers. Darauf stand ein Dutzend abgefüllter Flaschen. Bäumler steckte drei davon in seinen Tornister.

Tags darauf nahm Rittmeister Bäumler am Manöver teil, als wäre nichts geschehen. Er war allerdings froh, als sich der lange Tag dem Ende näherte. Die Glieder steif von der feuchten kühlen Herbstluft, ritten die Soldaten in ihre Quartiere zurück. Im Gegensatz zu den Ranghöheren, die im *Storchen* einquartiert waren, waren sie bei den Prichsenstädter Bauern und Handwerkern untergebracht. Vor dem Obertor mit seinen beiden Türmen mit den spitzen Ziegeldächern trafen sie auf eine Gruppe einheimischer Burschen.

Andreas Bäumler zügelte sein Pferd auf ihrer Höhe. »Halten Sie hier eine Versammlung ab, meine Herren?«

Ein besonders kecker Bursche trat hervor: »Aber gewiss doch, Herr Rittmeister. Heute ist es endlich so weit! Die Nacht der Nächte! Wir besprechen gerade, wie wir heute Nacht des Geisterreiters habhaft werden könnten.«

Der Rittmeister hob das Kinn. »Nacht der Nächte?«

Jetzt mischte sich ein anderer junger Prichsenstädter ein. »Natürlich! Heute ist Vollmond! Wann, wenn nicht in einer Vollmondnacht, soll sich das Gespenst blicken lassen? Die zehn Goldmark nähmen wir alle gern.«

»Waidmannsheil«, wünschte der Rittmeister und trieb sein Pferd an.

»Die Nacht der Nächte, Halisha, du hast es gehört! Ich muss meinen Plan in die Tat umsetzen, bevor diese Burschen ihr Gespenst fangen und es enttarnen.« Der Rittmeister zog den Sattelgurt fest. »Halt still, Halisha, die Tücher um deine Hufe müssen sein, sonst weckst du die ganze Stadt auf.« Als er mit seiner Stute fertig war, überprüfte Bäumler wohl zum zehnten Mal den Inhalt seines Tornisters. »Weinflaschen, Haarband, Munition, alles da«, flüsterte er und führte Halisha durch die engen Gassen der Stadt zum Obertor.

Dort wartete er im Schutz des Torhauses auf den Gesang des Nachtwächters. Als der bei seiner nächtlichen Runde an ihm vorüberkam, holte Bäumler lautlos eine Weinflasche aus dem Tornister und zog sie dem Mann hinterrücks über den Kopf. Martin Pfeiffer, Nachtwächter von Prichsenstadt, stöhnte dumpf und ging zu Boden, seine Laterne schepperte über das Pflaster. Der Rittmeister löschte sie und hoffte, dass niemand den Lärm gehört hatte.

Hastig hievte er sein Opfer bäuchlings auf die Kruppe seines Pferdes und verschnürte es wie ein Paket. Dann schwang er sich in den Sattel und lenkte das Pferd auf den Weg an der Stadtmauer entlang. Den Flurersturm in Sichtweite bog er ab und überquerte eine Straße. Dort saß er ab und führte seine Stute über die Herrgottsteige, einen verwunschenen Hohlweg, hinauf. Am Ende des Weges, über Keßlers Kellereingang, standen die Gutedel-Rebstöcke, die dem Winzer hätten Glück bringen sollen.

Bäumler zog einen kleinen Schlüssel aus der Tasche, den er heimlich eingesteckt hatte, als der Winzer die Flasche geholt hatte. Er band sein Opfer los, zog es vom Pferderücken und rollte es über den Boden. Halisha band er an dem schweren Gitter fest, das den Eingang zum Keller verschloss. Er sperrte auf und trug den Bewusstlosen hinunter. Dort legte er ihn auf den kalten Boden und wartete geduldig.

Der Nachtwächter zog und zerrte bald an den Seilen, die ihn fesselten. Er merkte aber schnell, dass das nichts nützte und wollte um Hilfe brüllen. Bäumler war sofort zur Stelle und stopfte ihm den Mund mit einem Tuch. Dann stellte er sich so hin, dass ihm sein Opfer ins Gesicht sehen konnte.

»Na, erkennst du mich, alter Freund?«

Die schreckgeweiteten Augen des Nachtwächters waren Antwort genug.

»Du hast wohl geglaubt, du würdest mich nie wiedersehen, was? Eine Zeit lang habe ich mir das auch gewünscht, glaube mir. Aber etwas Gutes hat unser Wiedersehen auch. Denn wir beide haben eine Rechnung offen, meinst du nicht?«

Pfeiffer konnte nur unverständliches Zeug brabbeln.

»Du musst nichts sagen. Dafür, dass du meine Schwester erst geschwängert und dich dann heimlich aus dem Staub gemacht hast, gibt es ohnehin keine Entschuldigung. Vor Scham und Verzweiflung hat sie den Strick genommen ...«

Pfeiffer stöhnte qualvoll.

»Du wusstest es nicht? Das hilft dir jetzt auch nicht mehr.«

Er holte das mitgebrachte Sperrholz heraus und zeigte es Pfeiffer. »Ich muss dafür sorgen, dass du den Mund nicht schließen kannst, verstehst du?«

Er genoss das Zittern, das sein Opfer überfuhr. Als Nächstes griff er sich eine Flasche und zeigte sie dem Geknebelten. »Erkennst du dieses Etikett?«

Der Nachtwächter schüttelte den Kopf, doch der Schreck in seinen Augen verriet ihn.

»Du brauchst mich nicht anzulügen. Natürlich erkennst du es wieder. Der Winzer ließ es eigens mit dem Bild von Prinz Luitpold bedrucken, weil er nach der Verkostung die Verlobung mit der Tochter des Wirts bekannt geben wollte. Dir aber war diese Verlobung natürlich ein Dorn im Auge, und so hast du kurzerhand den Wein ruiniert. Dumm nur, dass ausgerechnet ich dich dabei beobachtet habe ...«

Der Nachtwächter ahnte, dass die Sache für ihn nicht gut ausgehen würde, und warf sich in die Fesseln.

»Versuche es erst gar nicht. Zehn Pferde würden meine Knoten nicht lösen.«

Sein Opfer wimmerte jetzt unter dem Knebel.

»Ach, der Knebel schmeckt dir nicht? Dem kann ich abhelfen«, sprach der Rittmeister und tauschte blitzschnell das Tuch gegen die Mundsperre.

»Nun bist du mir auf Gedeih und Verderb ausgeliefert, mein Bester«, meinte der Rittmeister und blickte vielsagend von der Weinflasche zu dem offen stehenden Mund seines Opfers. Während er mit Pfeiffer redete, holte Bäumler das schwarze Samtband aus der Wohnung des Nachtwächters hervor und hielt es Pfeiffer vor die Augen. »Wie kam wohl das Haarband der Wirtstochter Luise in dein Schlafzimmer, frage ich mich?«

Dem Nachtwächter stand die Verwirrung über die plötzliche Wendung des Themas ins Gesicht geschrieben.

»Hast du es als Andenken aus ihrer Kammer mitgenommen? Oder hat sie es dir gar geschenkt? Hast ihr wohl den Kopf verdreht und sie verführt, obwohl sie einem anderen versprochen ist.« Der Rittmeister schlang das Band um die Handgelenke des Nachtwächters und schloss es mit einer kunstvollen Schleife. »Nun soll es mit dir in den Tod fahren.«

Pfeiffers Augen traten aus ihren Höhlen und glänzten feucht.

»Spare dir die Tränen. Die haben Barbara auch nichts genützt. Und dem Keßler wird es ebenfalls zum Heulen zumute gewesen sein, als der Prinz den Gutedel ausspuckte. Der arme Kerl war ohnehin schon ganz verzagt, weil er ahnte, dass seine Verlobte ihm Hörner aufsetzte.« Bäumler schüttelte mitleidig den Kopf.

»Du darfst nun auch von dem Gutedel trinken, mehr sogar, als dir lieb ist. Weißt du, wie damals der Schwedentrunk gegangen ist?!«

Der Rittmeister kippte die erste Flasche in den Mund des Nachtwächters; der röchelte jämmerlich und spuckte.

»Mundet der Wein nicht? Woran mag das nur liegen?«

Die Hufschläge eines Pferdes beendeten die Vorgänge im Keller zunächst. Bäumler setzte die Flasche ab und drückte dem Nachtwächter die Hand auf den Mund.

Draußen galoppierte ein Pferd den Hügel herauf. Doch etwas stimmte nicht an dem Geräusch.

Der Rittmeister fasste nach seinem Gewehr und stieg die Kellertreppen hoch.

»Ein Laut von dir, und ich bring dich um«, raunte er Pfeiffer noch zu. Er postierte sich am Eingang, legte sein Gewehr an und zielte auf das weiße Pferd, das den Hügel heraufhetzte.

»Es scheint mir nicht der rechte Zeitpunkt zum Brauen zu sein, Keßler«, begrüßte er den Reiter, als der nahe genug herangekommen war. Der Mann in der altertümlichen Uniform und dem Dreispitz auf dem Kopf trug eine Maske.

»Haben Sie mich oder das Pferd erkannt?«, fragte er und nahm die Maske ab.

»Ihre Druschinka hat Sie verraten, mein Lieber. Ihre Stute galoppiert nicht im Dreitakt, wie Pferde es normalerweise zu tun pflegen. Sie springt im Kreuzgalopp, ein bekanntes Problem bei arabischen Vollblütern. Der Galoppsprung hat mir die Lösung Ihrer kleinen Scharade verraten. Aber seien Sie unbesorgt, ich verrate Sie nicht, Keßler. Ich weiß schon, Sie haben es wegen Ihrer Liebsten getan. Wollten ihr nachstellen, sie vielleicht ein wenig erschrecken.«

»Dann helfen Sie mir! Die Burschen aus dem Dorf sind mir dicht auf den Fersen. Ich muss mich verstecken. Wären Sie jetzt so nett und würden das Gewehr runternehmen?«

Aus dem Stollen erklang ein gruseliger Laut, wie das Stöhnen eines Tieres. Keßler sprang aus dem Sattel und hastete am Gewehrlauf vorbei auf das Eingangsgitter zu.

»Was wird hier gespielt?«, fragte er den Rittmeister, der ihm bis zum Kellerabgang gefolgt war.

Andreas Bäumler sah plötzlich müde aus. »Sehen Sie nach.«

Er wies mit dem Lauf seines Gewehrs den Weg hinunter.

Von unten kam wieder der dumpfe Laut herauf.

Der Winzer sprang die Stufen hinunter, Bäumler dagegen nahm, bedächtig wie ein Greis, Stufe für Stufe.

Unten angekommen sah er, wie Keßler auf den Gefesselten starrte. Sein Blick hing an dessen Mundsperre. Wanderte zum Etikett der Flasche. Er erkannte Prinz Luitpold darauf. Seine Finger griffen nach Luises Haarband.

Er schaute zu Bäumler hin, der an der Kellerwand lehnte und um Jahre gealtert war.

Keßler hatte keine Zweifel daran, was der Rittmeister mit dieser Inszenierung geplant hatte. Warum Bäumler den Schwedentrunk gewählt hatte, um sein Opfer zu quälen. Die Tat sollte aussehen wie die eines Soldaten aus dem Dreißigjährigen Krieg. Wie der Geisterreiter einer war. Ihm sollte diese Tat angehängt werden.

»Verschwinden Sie von hier«, sagte Bäumler. »Ich werde keinem von Ihnen erzählen, Keßler. Die Burschen, die hinter Ihnen her sind, schick ich in die Irre. Aber sorgen Sie dafür, dass der Reiter nie wieder auftaucht. Denn jetzt ist's kein Streich mehr. Er wäre ein Mörder.«

Keßler maß ihn mit Blicken. Überlegte sich vielleicht, warum er stillschweigen sollte. Fand aber Grund genug.

Er nickte dem Rittmeister kurz zu.

Gemeinsam stiegen sie die Treppe hinauf.

Unter freiem Himmel hörten sie das Geschrei der Burschen.

Michael Keßler stieg auf seine Stute, wendete sie hart und drehte sich noch einmal zum Rittmeister um. Der tippte sich an die Mütze.

Keßler fasste zum Gruß an den Dreispitz und verschwand. Und der Geisterreiter ward in Prichsenstadt nicht mehr gesehen.

Die Autorinnen und Autoren

Thomas Kastura lebt mit seiner Frau und seinen beiden Töchtern in Bamberg, studierte Germanistik und Geschichte und arbeitet als Autor für den *Bayerischen Rundfunk*. Seit 1998 veröffentlichte er zahlreiche Erzählungen, Jugendbücher und Kriminalromane. Er ist außerdem Herausgeber der Krimianthologien *Tatort Garten* und *To die, or not to die.* 2012 erschien der Sammelband *Drei Morde zu wenig* mit seinen Brandeisen & Küps-Geschichten, 2015 folgte *Fünf Leichen zu viel*, 2017 *Sieben Tote sind nicht genug.* *www.thomaskastura.de*

Jo Kilian, 1961 in Mainfranken geboren und aufgewachsen, arbeitete nach dem Studium der Betriebswirtschaft im Medienbereich und als Journalist. Für seine Würzburger Kommissar-Kilian-Krimis wurde er 2002 auf der Leipziger Buchmesse und 2011 mit dem Weintourismuspreis ausgezeichnet. 2015 folgte der Bronzene HOMER für *Die letzte Jüdin von Würzburg*. Er lebt als Autor und Schreibcoach in Würzburg und Berlin.

Tessa Korber studierte Literatur und Geschichte, ist freie Autorin und wurde mit ihren historischen Romanen bekannt. Bei ars vivendi erschienen ihr Kurzkrimiband *Das Leben ist mörderisch* (2010), ihr historischer Kriminalroman *Todesfalter* um Maria Sibylla Merian (2011) sowie der Krimi *Die Saubermänner* (2013). Zudem gab sie die Krimianthologien *Fiese Morde in der Provinz* (2011) und *Auf leisen Pfoten kommt der Tod* (2013) heraus. Tessa Korber ist Trägerin des Forchheimer Kulturpreises 2010 und lebt in Nürnberg. *www.tessa-korber.de*

Anders Möhl, 1962 in Bad Hersfeld geboren, studierte Kunst an der Akademie der Bildenden Künste in Nürnberg, ist Gründungsmitglied der Galerie Bernsteinzimmer und hat sein Atelier in der historischen Luisen-Apotheke in Fürth. *www.andersmoehl.de*

Horst Prosch, 1964 geboren, lebt mit seiner Familie in Wolframs-Eschenbach. Er ist Mitglied im Kulturforum Ansbach e. V. und im Syndikat sowie Initiator und Leiter diverser Lesereihen, darunter »Literatur in alten Mauern« in Wolframs-Eschenbach. Bei ars vivendi erschien 2014 sein Kriminalroman *Blaue Bäume*. Für »Süß klangen die Glocken nie« aus der Anthologie *RauschGiftEngel* wurde er für den Friedrich-Glauser-Preis 2015 in der Sparte »Bester Kurzkrimi« nominiert. 2015 folgte sein Kriminalroman *Frankenruh*. *www.horst-prosch.de*

Susanne Reiche studierte in Erlangen Biologie, war vierzehn Jahre lang beim Nürnberger Umweltamt im Bereich Umweltplanung tätig und arbeitet heute als Schriftstellerin. 2014 gewann sie mit ihrer Geschichte *Der Tod des Baulöwen* den Publikumspreis des Fränkischen Krimipreises, 2016 erschien ihr erster Frankenkrimi *Fränkisches Chili* um den Nürnberger Kommissar Kastner, 2017 folgte *Fränkisches Sushi*, 2018 *Fränkische Tapas*. *www.susanne-reiche.de*

Petra Steps wurde 1959 in Zwickau geboren. Sie ist Diplomphilosophin und Hochschullehrerin, Journalistin, Herausgeberin und Autorin. Ihre Kurzkrimis finden sich in verschiedenen eigenen Anthologien und Bänden anderer Herausgeber. Außerdem schreibt sie an verschiedenen Regionalia und Projekten mit. Für den Förderverein Schloss Netzschkau e.V. veranstaltet sie die KrimiLiteraturTage Vogtland.

Elmar Tannert, 1964 in München geboren, absolvierte ein Studium der Musikwissenschaft und Romanistik. Seit 2003 arbeitet er als freier Schriftsteller sowie u. a. beim Bayerischen Rundfunk. Bei ars vivendi erschienen von ihm *Der Stadtvermesser* (1998), *Keine Nacht, kein Ort* (2002), *Ausgeliefert* (2005), *Ein Satz an Herrn Müller* (2017) und die gemeinsam mit Petra Nacke verfassten Romane *Rache, Engel!* (2008), *Blaulicht* (2010) sowie *Der Mittagsmörder* (2012). 2014 veröffentlichte er gemeinsam mit Martin Droschke und Anders Möhl den Freizeitführer *Bierland Pilsen*, 2016 folgte *33 Biere. Eine Reise durch Franken*. *www.elmar-tannert.de*

Kerstin Waas, geboren 1977 in Dingolfing/Niederbayern, wuchs mit dem Geruch von Druckerschwärze in der Buchdruckerei ihres Großvaters auf. Sie lebt mit ihrem Mann, einem Pferd, zwei Hunden und drei Katzen in der Nähe von Würzburg. 2015 erschien ihr erster historischer Roman *Der Farbensammler*, 2018 folgte *Das Blutwunder*.